偽りの後宮妃寵愛伝

～一途な皇帝と運命の再会～

皐月なおみ

STARTS
スターツ出版株式会社

目次

偽りの後宮妃寵愛伝

～一途な皇帝と運命の再会～

序章

「皆の者、大儀である」

翡翠《ひすい》の鱗《うろこ》の龍が舞う豪華絢爛《けんらん》な壁画に彩られた広間に、低く威厳のある声が響く。

他の多くの臣下と共に首を垂れたままそれを聞いて、紅華《ホウファ》は深緑の瞳を見開いた。

視線の先には皇帝の足先。

その靴は純金の糸で刺繍《ししゅう》が施され、彼が治めるこの天軸國がいかに豊かであるかを物語る。

本来であれば紅華など生涯にわたって姿を見ることすら叶《かな》わないはずの人物。その人物の声が、こんなにも懐かしく耳に届くのはなぜだろう。

ふわりと香る白檀《びゃくだん》の香り。

頭の中が混乱し息苦しささえ覚えるほどだ。

それでも楊《ヨウ》一族の娘としての役目を果たさなくてはならないと、紅華は自分を奮い立たせる。

楊一族が皇帝に忠誠を捧げる証《あかし》として、紅華は皇帝の妃となる。

ここ後宮で、彼と対面しているのはそのためなのだから。

こくりと喉を鳴らして、震える唇を開く。

「南天から参りました楊春燕《チュンイエン》と申します」

か細い声で偽りの名を口にして、紅華はゆっくりと面を上げる。朝、紅華の紅い髪を結い上げる時に女官の雨雨《ユーユー》がつけてくれた金の髪飾りがしゃらんと鳴った。

今宵から夫となる男性《ひと》を大きな瞳で捉えると、頭の中が真っ白になる。

この国の限られた地方でしか採れない貴重な華で染め上げられた真紅の衣装を身にまとい、純金の冠《かんむり》を載せたその人物は、紛れもなくこの国の頂点に立つ皇帝だ。

でも豊かな艶《つや》のある黒い髪に秀《ひい》でた額、漆黒《しっこく》の瞳は紅華がよく知る懐かしい男性、晧月《コウゲツ》に間違いなかった。

なぜ、あなたがここにいるの?

言葉にできない問いかけを頭の中で繰り返して、紅華はふらりと立ち上がる。

けれどまさにその瞬間、極度の緊張に張り詰めていた糸がぷつりと切れて、紅華の意識は真っ暗な世界に落ちていった。

これが、皇帝である胡劉月《コリュウゲツ》と紅華の運命の再会だった。

一章　幼き日々

りーんりーんと虫の声だけが聞こえる晩夏の夜のことだった。

村唯一の寺院の裏庭を、紅華はよいしょよいしょと瓜《うり》を抱えて歩いている。井戸までの道筋は月明かりだけが頼りだ。

細い体に不似合いな大きな瓜を時折落としそうになりながら、よたよたと覚束《おぼつか》ない足取りで歩み、ようやく井戸のそばまで来る。足元にそっと瓜を下ろすと、紅華はホッと息をついた。

額の汗を手で拭い、粗末な服の胸元を掴《つか》みパタパタとさせる。頭の頭巾《ずきん》を脱ぐと、月光の下に紅い髪の毛が散った。

紅華は、この寺で下働きをしている孤児である。物心ついた頃から、僧侶《そうりょ》とふたりでこの寺にいた。

自分の父や母がどこの誰で、兄弟がいるのかいないのかもわからない。知っているのは自分が十歳だということと、紅華という名のみである。

今紅華の頭の中は、村で分けてもらったとびきりの瓜を、井戸の水で冷やしたいということでいっぱいだ。

この日、村は紅華が知る限りで一番の騒がしさだった。村からほど近い皇帝の狩場に来ていた皇帝の一《いち》の皇子が事故で矢傷を負い、都へ帰る道すがら、村へ立ち寄ったのだ。皇子は熱が下がって再び都までの道のりを耐えうる体力が回復するまで、村に滞在するという。

山あいに流れる清流を中心として、山辺にへばりつくように少しの家々があるだけののどかな村は、普段は外部の人間が来ることはあまりない。そのような村だから、突然訪れた高貴な人物に蜂《はち》の巣をつついたような騒ぎになったのだ。

当然皇子が滞在するのに相応《ふさわ》しい家などなく、選ばれたのはこの寺だった。紅華は傷ついた皇子のために瓜を運んでいるのである。冷やした瓜であれば、熱があっても食べられるはずだ。

井戸のつるべを手繰《たぐ》り寄せ、桶《おけ》に縄で瓜を固定してから再び慎重に下ろしていく。ポチャリという音を聞きホッとして振り返ると、月明かりの中に自分を見つめる人影がいる。

「きゃっ！」

思わず声をあげてから、目を凝らしてよく見ると、紅華よりも少し歳上の少年だった。

「……だぁれ？」

恐る恐る紅華は尋ねる。

白い合わせの楽な装いの少年は、手入れされた黒い豊かな髪に賢そうな目元をしている。どう考えてもこの村の子供ではない。十中八九、昼間に訪れた皇子一行の中の誰かだろう。いずれにせよ皆が寝静まったこんな時間に、こんな場所にいるわけを聞かなくてはいけない。

「お前こそ誰だ。ここでなにをしている」

問いかけには答えずに、少年は紅華に言葉を返す。張りのある声音に気品のようなものすら感じられる。

皇子の一行にこのような少年がいただろうか。

紅華は記憶を辿《たど》るけれど、残念ながら見覚えはなかった。もっとも客人のもてなしは村長と僧侶の役目であり、紅華は一行を裏からチラリと見ただけなのだから、心当たりがなくても不思議ではないのだが。

「私、紅華です。ここで下働きをしています」

紅華はできるだけ丁寧に答える。普段は無口な僧侶とふたりきりの生活だから、話すのはあまり得意ではない。

その紅華の返答に少年は満足しなかった。

「ここでなにをしている、と聞いている」

少し焦《じ》れたように再度質問を繰り返す。紅華はびくりと肩を震わせた。

「あっ……あの……瓜を。瓜を冷やそうと思って……今、井戸に沈めたの」

「こんな時間に？」

畳みかけられて、紅華は手をもじもじとさせた。

「つ、ついさっき思いついたから……。冷たい瓜なら、熱がある皇子様でも食べられるかなぁって……」

「……皇子に？」

少年が眉を寄せるのを見つめながら、紅華はこくんと頷《うなず》いた。そしてすぐに不安になる。

皇子のように高貴な人物が口にするものを下働きの自分が準備するのはよくないことだったのだろうか。

それとも、皇子は瓜が嫌い？

居心地の悪い沈黙がふたりの間に横たわる。しばらくして、ようやく少年が口を開いた。

「それは結構」

少し和らいだ彼の声音に、紅華はホッとして小さな両手で胸をさする。少なくともお咎《とが》めを受けることはなさそうだ。

「皇子様のお加減はいかがですか」

「もう大丈夫だ。……もともとかすり傷程度なのだから。早々に熱も引くだろう」

「よかった」

微笑むと、青白い月光にふわりと紅い髪がなびく。真っ白な頬を染める紅華に、少年が訝《いぶか》しむように目を細めた。

「皇子などお前には関係ないだろう。突然やってきて迷惑じゃないのか」

「そんなことはありません」

声をあげて一生懸命に首を振ると、月夜にぼんやりと浮かび上がる紅華の淡い紅色の輪郭《りんかく》がふるふると揺れる。少年が眩《まぶ》しそうに目を細めた。

「皇子様は五穀豊穣《ごこくほうじょう》の儀式で龍神様に捧げる大切な供物《くもつ》を捕らえるために来られたのでしょう？　その儀式のお陰で村の人たちは毎年の収穫を無事に終えられるんです。秋の収穫なしには私たちは暮らしてゆけないもの。……でも、肝心の皇子様がお怪我をされたのなら、かわいそうだわ」

村は慎《つつ》ましい暮らしで成り立っている。蓄えなどないから、毎年毎年の収穫が頼りなのだ。そのくらいはまだ幼い紅華にもわかることだった。

五穀豊穣を願って皇帝が龍神様に祈りを捧げる時の供物は、皇帝の代理である皇子が自らの手で仕留めたものでなくてはならない。そのために皇子の一行は、毎年国の端までわざわざやってくるのだ。そして紅華が知る限り、村が飢饉《ききん》に襲われたことはない。

「ここはなにもない村だけれど、少しでも心安らかに過ごしてほしい。早くお怪我がよくなればいいと思います」

「そうか……」

少年が考え込むようにうつむいた。

賢そうな目元がまた眉間に皺《しわ》を作るのをジッと見つめているうちに、紅華の胸がざわざわと騒ぎだす。楽な服をまとっていても背筋は伸びて、その服装に似つかわしくない高貴なものを感じさせる不思議な少年だった。

考えてみれば寺で育った紅華にとって、同じくらいの歳の少年と話をすること自体がはじめてなのだ。微《かす》かに香る汗の香りが妙に新鮮に紅華の鼻先をくすぐった。

「……そのように言ってくれるこの村の民は純朴でよき人たちなのだな」

ぽつりと呟《つぶや》くその声音が、なんとも寂しげに耳に届いて、紅華は思わず口を開く。

「あ、そうだ！　あなたもお腹が空いてるんじゃない？　ちょっと待っていて。すぐだから！」

そして、彼の答えを聞くことなく走りだす。敷地の片隅にある離れに行き、瓜の切ったものを手に戻ってくると、それを少年に差し出した。

「これ、どうぞ」

「……え？」

「さっきの瓜は皇子様に差し上げるためのものなので、あげられません。だから、もしよかったらこちらをどうぞ」

こんな時間に起きてきたのだから、彼もお腹が空いているのだろうと思ったのだ。なにせ彼は紅華には想像もつかないくらい長い道のりを旅してきたのだから。どことなく寂しそうに見えるのはきっとそのせいだ。お腹がいっぱいになれば元気になるだろう。

「今年の瓜はとびきり甘いの。疲れた時は甘いものが一番だってお主様《すさま》がいつも言っているわ」

小さな手で差し出すと、少年は恐る恐るそれを受け取り、怪訝《けげん》な表情で問いかける。

「……でもこれはお前の分じゃないのか」

その指摘に、紅華の頬が熱くなった。粗末な木の器は寺に住む者が普段使うものだ。まだ手をつけていないとはいえ残り物をあげるなど、失礼だったのかもしれない。

「……そ、そうだけど。……ご、ごめんなさい。嫌だった？」

上目遣いに少年を見て尋ねると彼は首を横に振った。

「いや、別に謝る必要はない。お前は食べなくてもいいのかという意味だ。瓜は嫌いか？」

その言葉に、紅華は首を横に振る。もちろん瓜は大好きだ。

普段紅華が口にできるのは、村から分けてもらう金に換えられないような瓜だけだ。

でも今日は皇子のためにとびきりいいものが運び込まれた。今紅華が差し出したのは、皇子が夕食で手をつけなかったから紅華が食べてもよいと僧侶がくれた分だ。寝る前に食べようと思って取っておいたものだった。

紅華にとっては滅多にないご馳走《ちそう》だ。それでも寺でのんびり暮らしているだけの紅華よりも、皇子を護る従者である彼が食べるべきだと思う。

「長い道のりをここまで来たのだからあなたの方が疲れているわ、だから瓜はあなたが食べるべきよ」

寺の僧侶は、持てる者は他者に優しくあれといつも紅華に説いている。紅華は貧しくとも食うに困る生活をしているわけではない。もちろん目の前の少年だってそうなのだが、瓜がひとつしかないならば、疲れている方が食べるべきだ。

「……晧月だ」

少年が呟いた。

「え？」

「俺の名前だ。あなたではなく晧月と呼んでくれ」

そう言って少年は瓜を両手で半分に割る。瓜はパキンと小気味のいい音を立てた。

そして彼はそのひとつを紅華に差し出した。

「一緒に食べよう」

「あ、ありがとう。……皓月。私は紅華よ」

紅華は戸惑いながら瓜を受け取り、自分の名を口にする。皓月がニッと笑ってそのまま瓜にかぶりつくと、甘い香りが弾け飛んだ。

「うまい。紅華も食べろよ」

皓月の唇を瓜の赤い汁が濡らしている。紅華も彼にならって瓜を口に含んだ。

瓜は少し緩かったが、今まで食べた中で一番甘く感じられた。思わず笑みを浮かべた紅華を、少し背の高い皓月が覗《のぞ》き込むように見る。

「甘いな」

「美味しい！」

あとはふたり夢中で食べる。端の端まで惜しむように食べた後、目を合わせて微笑み合う。はじめて感じる温かな気持ちが紅華の胸の中に広がった。

「明日も同じ時間にここへ来られるか。今宵《こよい》の礼を持ってこよう」

瓜の汁でベタベタになった手と頬を井戸の水ですすいでから皓月が問いかける。

紅華は首を傾《かし》げて考えた。

普段ならこの時間は寝ているが、起きていてこっそりと来ることくらいはできるだろう。紅華は口と手の雫《しずく》を袖で拭って彼に答えた。

「ここに来ることはできるけれど……お礼はいらないわ。お礼をしてもらうほどのことはしていないもの」

「でも瓜はお前の大事なおやつだろう？」

やはり彼にはわかっていたのだ。このような甘い瓜が普段は紅華の口には入らないことを。とても貴重なものだということを。

それだけで紅華には十分だった。

「私……お友達がいないの。お主様は優しいけれど、なぜか村の子供たちと遊ばせてくれない。読み書きはお主様が教えてくれるから学問所にも行ってない。だから……なにかを誰かと半分こにして食べるってはじめてだったのよ。……すっごく嬉《うれ》しかった。こっちがお礼を言いたいくらい！」

にっこりと笑うと、紅華の頭を皓月の手が優しく撫《な》でる。紅華より少し高い体温がじんわりと紅華に伝わった。

「わかった。でも来ることはできるな？」

皓月が目を細めて紅華を見つめている。

その中に映る自分を見ながら、紅華はこくんと頷いた。

次の日の晩、紅華が井戸端へやってくると、月明かりのもとに皓月はいた。紅華が駆け寄ると、振り返って微笑んだ。

「来たな」

約束の時間は少し過ぎていた。

紅華の一日は忙しい。寺院でのお勤め、自身の身の回りのこと、毎日のように僧侶から課される書き取りも怠《おこた》ってはならない。それは皇子一行が滞在しているという非常時でも変わらなかった。

「遅れてごめんなさい」

晧月がふわりと微笑んだ。

「気にするな、月を見ていた。……誰かを待つというのはいいものだな」

つられて紅華も笑顔になる。すると彼は紅華の手を取って、手首になにかを巻きつけた。

黄金の糸でできた腕飾だった。藍色の石でできた珠が通してある。

「これは……？」

「礼ではない。贈り物だ」

贈り物など生まれてこのかたもらったことがない紅華は、呆気《あっけ》にとられて腕飾を見つめる。こんなに美しいものははじめて見る。

深い藍色の石の表面には、散らばるような金色の点。まるで夜空に輝く星のようだ。

「綺麗……」

紅華はため息をついて呟いた。

「瑠璃《るり》という石だ。古くから魔除けになると言われている。紅華を守ってくれるように。俺たちが出会った記念だ」

そう言って満天の星を見上げる晧月に、紅華は彼も自分と同じことを思ったのかもしれないと、期待する。彼が都へ帰ってしまっても腕飾がある限り、この素晴らしい出来事を思い出すことができるだろう。

「ありがとう晧月、大切にする！」

「それから、これも。紅華がなにかを書く時に」

本のように糸で束ねられた紙束だった。表紙に翡翠色の龍があしらわれている。そのあまりの美しさに、紅華は目を奪われる。このように一目で高価だとわかる紙束を見るのははじめてだった。

皇子の従者なのだから晧月が裕福な家の出身だというのは確かだが、それにしても想像以上なのかもしれない。このようなものを持っていて、しかも簡単に人に贈ることができるのだから。

「こ、こんな高価なものもらえないわ」

紅華は慌てて首を横に振った。紅華が書き取りをする際は僧侶からもらった村の子供たちと同じ紙束を使う。ここまで上質な紙は村長ですら持っていないに違いない。

紅華の拙《つたな》い文字には明らかに不釣り合いだ。

「私、字が下手だもの」

晧月が紅華の両手を取り、紙束を握らせる。そして手を握ったままジッと紅華を見つめた。

「なんでもいい、下手でもいいから、ここに思うままに書くんだ。そして次に俺に会う時に、見せてくれたら嬉しい」

その言葉に紅華は目を見開く。次に会う時、というのが近い将来ではないことは確かだ。

「……明日、都へ立つ」

晧月が漆黒の瞳をわずかに揺らして紅華に告げる。

紅華の胸がちくりと痛んだ。

「皇子様が回復されたのね」

彼が都へ帰ってしまえば、もう二度と会うことは叶わないだろう。喜ばしいはずのことを素直に嬉しいと思えない自分が恥ずかしかった。

「紅華」

名を呼ばれて顔を上げると、少し寂しそうに微笑む晧月の眼差しがあった。聞き慣れた自分の名前が、彼が口にするとまるで特別なもののように耳に響くのはなぜだろう。

考えてみれば、僧侶以外の人物からこうやって名前を呼ばれること自体、紅華にとってはなかったことだ。村の人たちが寺に来ることは珍しくないが、そういう時は紅華は表に出ないように言われている。

「紅華がとても親切にしてくれたことは、忘れない。来年の狩りの帰りにも、村に寄ることにする。また会おう」

紅華は彼の漆黒の瞳をジッと見つめる。そこに嘘偽りはなかった。

そんな重要なことを従者である彼が決められるのだろうかという疑問が頭を掠《かす》める。けれど紅華はそれを頭の隅に押し退けた。今は彼の言葉を信じたい。

自分を捉える綺麗な瞳を見つめ返して、紅華はこくんと頷いた。


皓月が都へ立った後、村は普段の落ち着きを取り戻し、紅華にも以前と同じ日常が戻った。物静かな僧侶との生活は、刺激とは程遠い。けれど紅華の心の中は一変した。

単調な日々の中の小さな出来事を綺麗な表紙の紙束に綴《つづ》る。それだけで、なんの変哲もない見慣れた日常が鮮やかに彩られてゆくような心地がした。

豪華な表紙の紙束に紅華の文字はやっぱり不釣り合いだ。でもそこになにかを書いている間だけは、皓月との出来事を思い出していられる幸せな時間だった。

そして次の年、例年と同じように狩場へ来た一の皇子の一行は、去年と同じく村へ寄り、寺にひと晩滞在した。

その夜。

「皓月！」

満天の星のもとに佇《たたず》む懐かしい男性の姿を見とめて、紅華は信じられない思いで彼を呼ぶ。

皓月が振り返り、一年前と変わらぬ笑顔で微笑んだ。

「紅華！　少し背が伸びたな」

それは皓月も同じだった。

しかも彼の方は背が伸びただけではない。体は逞《たくま》しく成長し、顔つきからは幼さが消えている。もう少年ではなく立派な青年のように紅華には思えた。

男らしい低い声が自分の名を呼ぶことに、紅華の胸は高鳴った。この一年、会いたいと思い続けた人にまた会えた喜びで胸がいっぱいになる。龍の表紙の紙束をぎゅっと抱きしめて、しばらくその場を動けない。

皓月が首を傾げた。

「どうした？　俺の顔を忘れたのか？」

「そ、そうじゃないけど」

この一年彼を思い出さない日は一日だってなかった。だからこそ、なんだか気恥ずかしくて近づけない。

「とても嬉しくて」

皓月が満足そうに頷いて、紅華が抱きしめている紙束を指さした。

「それ、書いたんだな、見せてくれるんだろう？」

その問いかけに、紅華は目をパチパチさせる。そして慌てて首を横に振った。

確かに皓月に会えるかもしれないと思い念のため持ってきた。でもいざとなると、とてもそれはできそうになかった。はじまりの方は綴りが間違いだらけで、文法もめちゃくちゃだ。しかも思うままに書いてあるから、はっきり言って自分でも読めたものじゃない。人に見せるなどもってのほかだった。

「書いたけど、ちょっと見せられないわ」

紙束をぎゅっと抱きしめて後ずさると、皓月がにっこりとした。

「見せてくれる約束だ」

そしてずいっと紅華に詰め寄る。懐かしい白檀の香りがふわりと紅華の鼻を掠める。

「だって……」

それでも渡すことができないでいると、皓月がやや大袈裟《おおげさ》にため息をついて、片目を瞑《つぶ》ってニヤリと笑った。

「じゃあ、土産はなしだ」

そして少しもったいぶって一冊の本を紅華に見せた。

「わぁ、本ね！」

紅華は目を輝かせた。

本はとても貴重なものだ。村の普通の家にはない。子供たちは、学問所にあるものを順番に借りるのだ。時々僧侶が、紅華のために借りてきてくれることもあるけれど、そもそも数が少ないからあまりお目にかかれない。

そんな貴重なものが土産だなんて！

「俺が紅華くらいの歳の頃に読んだものだ」

おそらくは紅華が一生かかっても買うことができないくらい高価な本。そんなものをもらっていいとは思えない。でも読みたいという気持ちを抑えられなくて、紅華はそれを受け取った。

代わりに紙束を差し出すと、晧月はそばにある大きな岩に腰掛けて、さっそく開いている。

紅華も彼の隣にちょこんと座って本をめくった。

たどたどしい綴りとたくさんの絵がちりばめられた紅華の日記を、劉月は時折声を立てて笑いながら最後まで読んだ。紅華が紡いだ一年間の出来事は十分に彼を楽しませたようだ。

「面白かったよ。字もだんだんうまくなっている。書き取り頑張っているんだな」

褒められて、紅華の頬が熱くなった。

「都から来た晧月が面白いと思うようなものではないわ」

紅華の毎日はたいていは同じことの繰り返し。だから綴られているのはその中で見つけた本当に些細《ささい》な出来事だ。

「いや、面白かったよ。僧侶の説法に村長が居眠りをしているくだりは最高だった。紅華は、他の人が見過ごすような些細なことを見つけられる特別な目を持っているんだな」

晧月の手が伸びてきて、紅華の頬に添えられる。漆黒の瞳に見つめられていることに紅華の胸が高鳴った。自分の目が特別だなんて思ったこともないけれど、彼にそう言われるのは嬉しかった。

「紅華は、生き物が好きなんだな」

日記にはたびたび動物や虫が登場する。友達のいない紅華にはそれらが遊び相手だからだ。

「好きよ。いつか綺麗な鳥を飼ってみたいわ」

晧月が微笑んで頷いた。

「なら来年の土産は、それらを描いた本にしよう」

皓月の親指が紅華の瞼《まぶた》を優しくなぞる。

青白い月がふたりだけの時を照らしていた。

「一年後、また来る」


一の皇子の一行が狩りの帰りに村を訪れるのは毎年のこととなり、紅華と皓月の一年に一度の短い逢瀬《おうせ》は繰り返された。

皓月は会うたびに背が伸びて逞しくなり、立派な軍将に成長した。

一方で紅華の生活は相変わらず。寺の仕事を手伝うだけの単調な毎日だ。やれることは増えていた。書き取りにも熱心に取り組んではいたが、僧侶は紅華を尼僧にするつもりはないようだった。

背は伸びて髪も結い上げることができるくらいに長くなった。村へ出れば他にもできる仕事はあると何度も紅華は訴えたが、僧侶は許してくれなかった。それどころか、紅華の姿を垣間見《かいまみ》た村の男に声をかけられるという出来事があってからは、それまで以上に外部との接触を制限されている。

もしかしたら自分は一生、この寺から出られないのかもしれないと紅華が考えるようになったある年の逢瀬、紅華に大きな変化を告げたのは、皓月のひと言からだった。

「紅華、今年が最後なんだ。もう来られない」

眉を寄せて苦しげに言う晧月に紅華は目を見開いた。

ふたりで会うようになってから八年の月日が経っていた。

彼が来られないなら、ふたりはもう会えない。紅華はこの寺から出られないのだから。

「家を継ぐ。来年から俺の役割は弟に引き継がれることになった」

家を継ぐ、それは彼が成人として認められたということだろう。彼にとっては喜ばしい出来事だ。でもそれを聞く紅華の胸には、絶望が広がってゆく。お祝いの言葉を言わなくてはと思うのに言葉が出てこなかった。

でも考えてみれば、立派な軍将へ成長した彼が家を継ぐのは当然だ。覚悟していなかった自分はなんて世間知らずなんだろう。

「だから俺はもうここには来られない」

もう一度、紅華にとっての最後通告のような言葉を口にする晧月に、紅華はゆっくりと頷いた。

「そう」

そして腕に巻いた瑠璃の腕飾を握りしめ、自らの単調な毎日に彼の存在がこれほどまでに大きかったのだということを思い知る。

寺の生活は、静かだがそこはかとない不安を伴うものだった。いつまで続くのかもわからない孤独で単調な毎日の中で、紅華にとって皓月は闇夜を照らす唯一の月光だったのだ。彼に会えるという希望が紅華の心を支えていた。彼に伝えたい言葉たちが、紅華の毎日を彩った。

けれどもう、それも消えてしまう。

頬を涙が伝い落ちた。

家を継いだ男性は、それを機に妻帯することがほとんどだ。妻がいれば何年かに一度でもここで紅華と会うことなどは許されない。今夜が本当に最後なのだ。

「おめでとう……皓月」

紅華は声を絞り出し、ようやくそれだけを口にする。彼の門出を心から祝福したいという思いと、私を置いていかないでという嘆きが紅華の中で複雑に絡み合う。流れる涙をこらえることができなかった。

「紅華」

「泣いてしまってごめんなさい。皓月は本当に大切なお友達だから、会えなくなるのが寂しくて……」

もう一度、「紅華」と呼ぶ皓月の声と、彼への思いを断ち切るように頭《かぶり》を振り、紅華はそのまま踵《きびす》を返し駆けだそうとする。

「紅華！　待て！」

でもすぐに晧月に腕を取られて引き止められる。強い力で引き寄せられ、あっという間に彼の腕の中に閉じ込められた。

「話を聞け」

彼の香りに包まれて、紅華は涙に濡れた目を瞬かせる。間近に感じる体温と低い声音が、荒ぶる心を少しだけ落ち着かせる。でもそれとは反対に、胸の鼓動は速くなった。こんなに近くに彼を感じるのは、はじめてのことだった。

耳元で晧月が囁《ささや》いた。

「紅華、俺と会えなくなるのは嫌なんだな？」

その問いかけに、紅華がこくんと頷くとそのままくるりと回されて、至近距離で向かい合う格好にされてしまう。眉を寄せた晧月の強い眼差しに紅華の胸が痛いくらいに高鳴った。

「紅華、なぜそう思う？」

問いかける彼の声音が、いつもよりも真剣な響きを帯びている。

紅華はすぐそばにある漆黒の瞳を吸い寄せられるように見つめたまま口を開いた。

「こ、晧月は……た、大切なお友達だから」

知りうる中で一番ぴったりだと思う言葉を口にするが、その答えに晧月は満足しなかった。眉を寄せて再び紅華に問いかける。

「それだけか？」

それ以上になにがあるというのだろう。鄙《ひな》びた寺で暮らす孤児の自分と、皇子の従者である彼が友人であることさえ普通ではありえないことなのに。

問いかけにいつまでも答えられない紅華に、皓月が一旦目を閉じる。そして小さく息を吐いてゆっくりと目を開いた。

「俺は紅華を妻に迎えたい」

その、にわかには信じがたい皓月からの告白に、紅華は深緑の瞳を大きく見開いた。

今聞いた言葉の意味をすぐには理解できなかった。

彼は自分をからかっているのだろうか？

目の前にある真摯《しんし》な眼差しからは、とてもそんな風には思えないけれど。

「奥方様に……？」

「ああ、紅華を妻にしたい」

そんなこと許されないと紅華は思う。

世間知らずの紅華でも身分違いの縁組が周囲から祝福されないことくらいは知っている。何年か前に村長の息子と貧しい家の娘が恋仲になって村で大騒ぎになったことがあったからだ。結局ふたりは引き離され、娘の方は村を出た。孤児の自分と裕福な家の彼が夫婦になれるはずがない。

けれど一方で、小さな胸は高鳴った。

友人に寄せる好意と恋人への愛情、その違いはわからない。けれど紅華がこの世で一番好きなのは皓月に違いない。もしも本当に彼の妻になれるなら、もっとたくさん会えるのだろうか。

「奥方様になったら皓月とずっと一緒にいられる？」

そう問いかけると、強い力で抱きしめられる。そしてふたり額と額をくっつけて見つめ合う。

「あぁ、ずっと一緒にいられる。約束する。俺は生涯、紅華だけを愛する」

涙で濡れた紅華の頬を大きな手が優しく拭う。その温もりが、本当ならありえない約束を確かなものに変えてゆく。

「私、皓月の奥方様になりたい。ずっとずっと一緒にいたい。皓月が一番好きだもの」

胸の中にある彼への想いを、紅華は一生懸命に言葉にする。あまりうまくは言えないけれど、覚えたての愛をなんとか彼に伝えたい。

「ありがとう」

皓月が満足そうに微笑んで、紅華の瞼にそっと触れた。促されるままに目を閉じると、唇に柔らかい口づけが降ってきた。

「落ち着いたら必ず迎えに来る。待っていてくれ」

彼の言葉に、紅華はこくんと頷いた。

紅華が生まれ育った寺を去ることになったのは晧月が都へ立ってから、ひと月後のことだった。

ある夜、紅華の部屋を訪れた僧侶が、いつになく真剣な表情で驚くべきことを告げたのだ。

「紅華、これからはお父上様と暮らすのだ」

「お父上様？」

「紅華……お前のお父上様は恐れ多くもこの地を治める楊一族が長《おさ》、楊高曹《コウソウ》様じゃ」

にわかには信じがたいその事実に紅華は言葉を失った。

ここ天軸國は皇帝を輩出する胡《コ》一族を頂点として二十の部族が割拠し、それぞれの領地を治めることで成り立つ国。紅華のいる村は国の最南端に位置する南天《なんてん》と呼ばれる地域だ。この地を治めるのは楊一族、その長である楊高曹は、紅華にとっては雲より高いところにいる人物だ。

「お母上様は？」

震える声で紅華は尋ねる。告げられたのは残酷な現実だった。

「すでに亡い」

母は村の娘だったという。

皇帝の狩場へ楊高曹が出向いた際、偶然目にして手がついた。娘は拐《さら》われるようにして楊一族の邸へ上がり、ほどなくして身籠《みごも》った。

身分の高い男が正妻の他に、麗人《れいじん》と呼ばれる側室を持つことはさして珍しくもないことだが、高曹は彼女を麗人とせず無情にも捨てたという。娘は村に戻されて、女の赤子を産み落とし、産褥《さんじょく》で亡くなった。

たまりかねて楊高曹の邸を訪ねた娘の両親は、それきり帰ってこなかった。

……以上が僧侶が語るすべてだった。

世間を知らない紅華には、その出来事の是非はわからない。でもこれから始まる父との生活が決して楽観できるものではないことくらいはわかった。

「高曹様のご正妻様とお嬢様が先の流行病で亡くなられた。ゆえに、お前は楊一族の娘として迎えられる」

語る僧侶の目が暗い。自分を待ち受ける未来に紅華は身を震わせた。とはいえ、当然否とは言えない。

「わかりました。お主様、長きにわたりお世話になりました」

震える声でそう告げて紅華はゆっくりと頷いた。そして自分にとって大切なあのことを口にする。僧侶に隠れて晧月と逢瀬を重ねたことを話すのは憚《はばか》られるが、背に腹は代えられない。晧月が迎えに来た時に、紅華がどこにいるのかを伝えてもらう必要がある。

「お主様、もしも私が去った後私を訪ねて誰かが来たら、私は楊様のお邸《やしき》にいるとお伝えください。その方は……」

「ならん！」

その剣幕に、紅華は肩をびくりとさせる。なにかに怯《おび》えるように目を開いて僧侶が激しく拒否をした。

「紅華、……いや紅華様。それは許されないことにございます！」

「でも、お主様……」

「あ、あなたがここで育ったことは、誰にも知られてはならないのです。村人にはあなたを忘れるように言ってある。ですからあなたも、これからは楊一族の女人としてここでの一切を忘れるのです。いいですね……それがあなたの生きる道」

母を連れ去っておきながら簡単に捨てた楊高書という男。彼の意思に背けば村全体に禍《わざわい》が起きると暗に言っているのだ。

その暗い眼差しを見つめて、紅華は唇を噛《か》んで頷いた。

「紅華様、南天の街に着きました」

従者に声をかけられて、紅華は短い夢から覚める。顔を上げると周りの景色は一変していた。

楊一族の邸は、村から山ひとつ越えたところにある。その道のりを紅華は汗血馬に乗せられてひと晩かかってやってきた。楊高曹が治める南天の中心地は、村しか知らない紅華にはまるで別世界のようだった。

建ち並ぶ立派な家々に、たくさんの人、並べられたあふれんばかりの食糧に紅華の目は釘《くぎ》付けになる。なにもかもが珍しく驚くことばかりだ。

「あれはなに？　どうして野菜を道に並べているの？」

思わず紅華は従者に尋ねる。これから自分を待ち受ける未来への不安、皓月に会えなくなるという悲しみはあるけれど、今は興味の方が勝っていた。

「商店ですよ。物を売っているのです」

従者の答えに、紅華は感嘆のため息をつく。話に聞いたことはあるけれど、実際に目にするのははじめてだ。紅華が育った村に商店はない。

声を張り上げて商品を売る者や、それを見て回る人たちを眺めているうちに、馬は街の中心部を抜ける。そして、ひときわ豪奢《ごうしゃ》な邸の門の前でゆっくりと止まった。

紅華が育った寺よりも大きな紅い門に描かれた、鋭い爪と牙を持つ虎が紅華を睨《にら》んでいる。いよいよこの時が来たのだと紅華はごくりと喉を鳴らす。

「楊高曹様が女人、楊紅華様にございます」

従者が声を張り上げると、ギギギと耳障りな音を立てて、虎の扉が開いた。

邸の中は、紅華の想像を絶する世界が広がっていた。果てしなく広い前庭は塵《ちり》ひとつなく清められ、広い石段を上ったその先にはピカピカに磨き上げられた石の床、赤い柱の廊下が続いている。天井から下がるたくさんの吊《つ》り灯籠《とうろう》を唖然《あぜん》として見つめながら、紅華は召使いの後について邸の中を進む。

やがて辿り着いたのは、豪華な装飾に彩られた広い部屋だった。中央に置かれた金色に輝く屏風《びょうぶ》を背に紅い髪の男が座っている。

「お館様、紅華様にございます」

召使いが男に告げて下がっていく。紅華は、冷たい床に跪《ひざまず》き震えながら首を垂れた。

「お前が紅華か」

楊高曹が、濁った目で紅華を見る。紅華の身体が恐ろしさに震えた。

この男が自分の父親だとは、とても信じられなかった。紅い髪だということ以外に彼と自分との間に相通じるものはなにもないように思える。

「そこへ座れ」

高曹が自分の向かいの椅子を顎《あご》で指し示す。紅華はふらふらと前へ進み、その椅子に腰掛けた。

「寺の男から、話は聞いているな」

膝に置いた両手をぎゅっと握りしめ、紅華は声を絞り出した。

「はい」

「ひと月前、妻と娘が亡くなった。だからお前は今日からここで暮らせ。私の娘として」

決して否とは言わせない威圧的な空気を漂わせて、高曹は命令する。

紅華は無言のまま頷いた。

高曹はそれを確認すると、用は済んだとばかりに立ち上がり、もう紅華を見ることもなくさっさと部屋を後にする。

情というものはひと欠片《かけら》も存在しない父娘の初対面だった。

「紅華様、なにをぼんやりしているのです？」

赤くて丸い窓枠の向こう側、庭を舞う黄色い蝶《ちょう》を見つめていた紅華は、声をかけられて振り返る。同時に少し身構えた。この邸でこうやって声をかけられると、たいていはその後に〝ぼんやりするな〟と叱責されるからだ。

紅華が父親の邸へ来てしばらく経った。父は紅華との会談後すぐに都へ発ったようで、あれ以来顔を合わせていない。

残された紅華に待ち受けていたのは、貴族の娘としての教育だった。

美しい歩き方や振る舞い、食事の作法など、今まで寺にいた紅華には学ぶべきことは山ほどあって、毎日起きてから寝るまで気が休まる時がない。老師と呼ばれる教育係はいつも眉間に皺を寄せた年配の女性だ。できないことがあると容赦《ようしゃ》なく叱られる日々だった。

その他の召使いたちも、田舎者丸出しの紅華をどこか馬鹿にしているような冷たい態度だった。

話し相手もいない寂しい日々の中で唯一の心の支えは、寺にいた頃と変わらず、庭に来る鳥や虫を眺めることだ。山をひとつ越えただけなのに、ここでは村では見なかった種類の鳥や蝶をいくつも見かける。ついこうやってぼんやりと外を見てしまい、そのたびに老師や召使いに叱られてしまうのだ。

今、紅華は午前の講義を終えて、自室の窓際に置かれた椅子でひと休みしているところである。午後の講義まではまだ時間があると思っていたが、いつのまにか過ぎてしまっていたようだ。

案の定、紅華に声をかけた老師は、腕を組んで紅華を見下ろしている。

「あ……あの」

すぐに謝らなくては、また叱られると思うのにうまく言葉が出てこなかった。

「まったく、椅子に座る時はそのようにだらりと座るのではなく、背筋を伸ばしなさいと何度も言っているでしょう」

老師が眉を寄せて小言を言う。でも今はそれ以上、言うつもりはないようだ。

ごほんと咳払《せきばら》いをして隣に連れている見知らぬ女性を紹介した。

「こちらは雨雨。紅華様の新しい話し相手ですわ。身の回りのこともさせていただきますのでよろしくお願いします」

聞くと彼女は紅華よりも三つ年上で、紅華の教育全般を父から任されている老師が新しく雇ったのだという。

寺で育った紅華は長く僧侶とふたりきりの生活だったから、人と話すことはおろか声を出すのさえ苦手だ。受け答えも覚束ないから、これは礼儀作法以前にまずは話をする機会をたくさん設ける必要があると、老師は判断したようだ。

「本日午後は雨雨と過ごすように。なるべくたくさん話をするのですよ」

そう言い残して老師は部屋を出ていった。

いきなりふたりきりにされて紅華は困り果ててしまう。はじめて会う人物と話をするなど、苦手中の苦手だからだ。老師が連れてくる人物なのだから、もしうまく話せなかったりしたら、きっと厳しく叱られるに違いない。紅華は手をもじもじさせて上目遣いに雨雨を見る。

ところが意外なことに彼女はにっこりと親しみのこもった笑みを浮かべた。

「紅華様、よろしくお願いします」

明るくハキハキと言う。他の召使いが見せる威圧的な空気はどこからも感じられない。それどころか「私、召使いとして優秀かどうかはわかりませんが、とにかくおしゃべりですから、お役に立てると思いますわ」などと言ってくすくすと笑っている。

紅華は思わず笑みを浮かべた。

「あら、紅華様、お笑いになられると、とっても可愛らしいんですね」

雨雨が紅華のそばに来て、窓の外を見て首を傾げた。

「お庭を見られていたんですね。なにか面白いものでも？」

「え！　えーと、あの、ちょ、蝶を見ていたの……」

つっかえながら答えると、雨雨が頷いた。

「蝶がお好きなんですか？」

「え、ええ。でもさっきのは本でしか見たことがなかったわ」

「あら、紅華様は本を読まれるのですね！」

おしゃべりだと自分で言った通り雨雨はぽんぽんと話をしながら紅華の口から次々

に言葉を引きだしてゆく。紅華はその場ですぐに生き物が好きなこと、この邸の庭には見たことがない虫や鳥がたくさんいることを話してしまう。

「なら一日一度は老師様にお願いして、庭を散歩することにいたしましょう。花がたくさん咲いていますから、きっと蝶もたくさんいますよ」

雨雨はこの邸に来てからはじめて出会えた心優しい召使いで、紅華はすぐに彼女を好きになった。

誰も彼もが冷たくて、楽しみも希望もない父の邸で、もしかしたらなんとかやっていけるかもしれないと紅華の心に光が灯った。

「紅華様、お館様がお呼びでございます」

ある日の午後、召使いに声をかけられた時、紅華は雨雨と中庭を散策中だった。

「お父様が？」

眉を寄せて、紅華は呟く。なにやら嫌な予感がした。

紅華を邸へ連れてきておきながら、それきり忘れてしまったかのようにほったらかしにされていたのに、いったいなんの用だろう。

雨雨がこの邸に来てひと月が経った。明るくておしゃべりな彼女と紅華はすぐに打ち解けた。とにかく彼女と話をするのが楽しくて、紅華の話し下手はずいぶんと改善されつつある。

「なんのご用事かしら」

紅華が呟くと、雨雨が答える。

「都からお久しぶりに戻られたのです。紅華様のお顔を見られたいのではありませんか」

その言葉に、紅華は素直には頷けない。そんなことあるわけがなかった。父との初対面は思い出すだけで身体が震えるほどに恐ろしかった。その後すぐに都へと旅立った父が、しばらく都に滞在すると聞いた時は胸を撫で下ろしたものだ。

その父が邸に戻ったのが数日前。広い邸だからまだ顔を合わせていないが、できることならこのままずっと会いたくないというのが本音だった。

とはいえ、呼ばれているのなら行かないわけにはいかない。

「すぐに参ります」

召使いにそう告げて、紅華は邸に向かって歩きだした。

大広間で高曹は紅華を待っていた。入室した紅華をチラリと見て、顎で座るように指示をする。

「失礼します」

小さな声で断って、紅華は彼の正面に着席した。

「都へ行け」

高曹がなんの前置きもなく嗄《か》れた声で紅華に告げる。

紅華は首を傾げた。

「みやこ……ですか……？」

ここへ来てから今日までの日々で、紅華は一度もこの邸を出ていない。許してもらえなかったからだ。それなのにいきなり都へ行けとは、いったいどういうことだろう。なぜ自分がそのようなところへ行かなくてはいけないのか見当もつかなかった。

その紅華の疑問に高曹が答える。

「まもなく劉月帝《りゅうげってい》が即位される」

つい先日、前皇帝が長患いの末崩御《ほうぎょ》した。帝位を譲る準備をしていた矢先のことだった。跡を継いで即位するのは一の皇子、胡劉月。彼は老いた皇帝に代わり数年前から国政を担う実力者である。ここ数年は、古い国の体制を刷新《さっしん》する新しい改革を次々と成功させ、皆を驚かせていた。

でもそのことと、自分の都行きがどう関わるのかまだ紅華にはわからない。すると高曹がニヤリと嫌な笑みを浮かべた。

「劉月帝の即位に合わせて新しく後宮が開かれる。お前はそこに入るのだ」

その言葉に紅華は息を呑《の》む。思ってもみなかった理由だった。皇帝の後宮に入るということは妃になるということなのだろう。

本当なら喜ぶべきなのだろうか？

いくら父の娘でも紅華は寺育ちの田舎者で、つい最近まで孤児として生活していたのだ。それが国の頂点に立つ皇帝陛下のお妃様になれるのだから。

でも紅華には……。

「この国の古くからの慣わしだ。新皇帝の後宮が開かれると、各地を治める一族の長は自らの娘を後宮へ差し出すことになっている。忠誠の証、または人質として」

高曹が口の端を上げて薄く笑う。

紅華はまたもや唖然とした。はじめて聞く話だった。膝に置いた白い手がぶるぶると震えだす。人質という言葉も見ず知らずの男性の妻になるのだということも、なにもかもが恐ろしい。

「私などが……恐れ多いことにございます」

声を絞り出して、ようやくそれだけを言う。高曹が鼻を鳴らした。

「本来は私の娘、楊春燕が行くはずだったのだ。だがふた月前に亡くなった。だからといって娘を送れなければ、わが領地の税は倍に跳ね上がる」

紅華は驚いて目を開く。税が倍になっては、この南天の地の民は苦しむことになるだろう。

「あの女にお前を産ませておいてよかった。お前には楊春燕として後宮へ上がってもらう。そのために、楊家の女人としての教育も受けさせたのだ」

「春燕様として……？」

紅華が首を傾げると、高曹は頷いた。

「私には子は楊春燕しかいないことになっている。お前を後宮へやっても、適当に拾ってきた娘を送っただけとみられるだろう。それでは都合が悪い。後宮の娘は各部族からの皇帝に対する忠誠の証なのだ。わかったな、紅華。お前はこれから春燕だ。紅華という名前は今この瞬間に捨てろ」

目の前が絶望の色に塗り潰されるのを感じながら、紅華は目を閉じる。脳裏に晧月の瞳が浮かんだ。

本当のところ紅華は、わずかな望みを捨てきれないでいた。村でのことは忘れろと僧侶には言われたが、どうにかして紅華の居場所を知った晧月が迎えに来てくれるかもしれないと期待していたのだ。

晧月の家は裕福だから、父もふたりの結婚を許してくれるかもしれない。

だがその希望は今打ち砕かれた。後宮に入ってしまえば、もはや会うことすら叶わない。彼は孤独な自分にもたらされた、たった一筋の光だったというのに。

「いつですか？」

震える唇で紅華は尋ねる。

高曹が答えた。

「ひと月後。それまでに楊家の女人として恥ずかしくないよう努力せよ」

――それがあなたの生きる道。

頭に浮かぶのは、僧侶の言葉だった。

はじめから紅華に他の道は用意されていなかった。

高曹は紅華の返事を待たずに立ち上がる。そして靴音を響かせて紅華のすぐそばまでやってきた。手にしていた扇《おうぎ》を紅華の顎に添えて上を向かせると、ニヤリと狡猾《こうかつ》な笑みを浮かべた。

「お前はあの女に似て美しい。せいぜい新皇帝に可愛がってもらえるよう努力しろ。お前が皇后にでもなればこの南天の地も栄えるだろう」

高曹の濁った瞳を見つめながら、紅華は胸の中が真っ黒に塗り潰されてゆくのを感じていた。

二章　後宮

広大な国土を治める天軸國の若き新皇帝劉月帝には、朝の謁見《えっけん》を終えた後にすることがひとつある。後宮にいるたくさんの妃たちの中で今宵はどの妃の部屋を訪れるかを決定し、召使いに告げることである。

後宮長である宦官《かんがん》、黄燗流《オウカンルー》曰く、『恐れ多くも皇帝である天子《てんし》様をお迎えするのであれば、その支度には半日以上の時間がかかるゆえ、朝のうちに今宵の訪れの知らせをやらなくては間に合わない』のだという。

これが劉月にとってはこの上なく憂鬱《ゆううつ》な時間だった。

「天子様、今宵はどなたの部屋にお渡りになられますでしょうか」

燗流がねっとりとした視線を劉月に向けるのを見て、劉月はため息をついた。

「今宵の渡りはなしだ。皆によろしく伝えるように」

毎日口にしている言葉を今日も口にすると、燗流が上目遣いに劉月を見た。もともと明るい男ではないが、ここのところ前にもまして雰囲気が暗いのは、〝劉月の足が後宮に向かないのは黄燗流のせい〟だと宮廷で謗《そし》られているせいだろう。

申し訳ないとは思うがどうしようもなかった。

「下がれ、燗流」

劉月はそう言うが、燗流は引かなかった。

「天子様、皆様お待ちでございます。どうかお情けを」

「燗流」

劉月は再びため息をついた。

「何度同じことを言われても私の考えは変わらない。私が後宮へ行かなくともお前が責任を問われることはないと約束する」

即位してからずっと繰り返されてきたやりとりだった。

天軸國の慣例として、新皇帝が即位すると新たな後宮が開かれる。新皇帝はすでに妻帯している者もそうでない者も、その時に新たに二十人の妻《めと》を娶るのだ。

――二十の領地を治める各部族から長の娘を、忠誠の証という名の人質として。

ひと月前に即位した劉月のためにも慣例に従い新しい後宮が開かれて、女たちが集められた。

劉月はこれが許せなかった。

「私には後宮など必要ない。早いうちに解体させる。すなわち、そのお尋ねも不要」

「…………」

ねっとりとした燗流の視線から逃れるように劉月は目を閉じた。

後宮は、古くから利権の温床《おんしょう》だった。人質と言えば哀れに聞こえる女たちも、皇帝の寵愛《ちょうあい》さえ受けられればどんな権力も思いのまま。古来から寵愛を受けた妃の部族は栄華を極めるというのが、暗黙の了解だ。皇帝が妃の部屋を訪れた回数でその地の税率が決められたなどという信じがたい話もあるほどだ。

父の代も、祖父の代も、その前も、ずっと繰り返されてきたこのような後宮のあり方が、劉月には受け入れられなかった。そうでなくても劉月には後宮など必要ない、個人的な理由がある。

だが、即位の前もその後も、後宮は必要ないと主張し続けた劉月の意見は、有力部族長の集まりである老子院《ロウスーイン》の強い反対にあい、未だ叶わずにいる。

「天子様のお考えは存じ上げておりますが、私もこれが職務でございますゆえお許しを」

黄燗流は形だけの平伏を見せる。代々後宮長を務めてきた家の彼もやはり後宮を維持するという古い考えに固執しているのだろう。毎日、あの手この手で劉月を後宮へ渡らせようとしていた。

「では、今宵はお渡りなしということで……」

そう言って一応は納得する。でもすぐに思い出したように口を開いた。

「ですが天子様、体調が思わしくないとの理由で到着が遅れていらっしゃった南天の楊一族が女人春燕様が昨日ようやく到着されました。近いうちにご挨拶をしていただかなくてはなりません」

これには劉月もこめかみを指で押さえ、渋々「あぁ」と頷いた。

楊一族の春燕妃には興味がないが、礼儀として一度は顔を合わせる必要がある。後宮が存在する以上、形だけだとしても彼女は劉月の妃になるのだから。

一方で南天という地名に早く会いたい少女の顔が脳裏に浮かび、劉月の胸がちくりと痛んだ。

「わかった。では近いうちに」

劉月がそう言うと、燗流はまだなにか言いたげなそぶりを見せながらも、のろのろと退出していった。

「後宮は、古狸《ふるだぬき》たちの利権の温床ですから。解体はなかなか難しいでしょう」

隣に立っていた側近の呉秀明《ゴシュウメイ》が口を開いた。

現実的な彼の意見に、劉月は眉間に皺を寄せる。

「だからこそ断ち切らねばならない。だいたい閨《ねや》を共にした回数で税率が決まるなど正気の沙汰《さた》とは思えん話だ。そんな場所へなど馬鹿らしくて渡る気にもなれん」

秀明が肩をすくめた。

「まぁ、それはそうですが。とはいえ後宮に集められた女人はみんな美しい。それゆえ私はなおさらあなたが気の毒です。その男ぶりで、独り身生活とは」

側近であると同時に乳兄弟でもある秀明は、幼い頃からの癖で皇帝になってからも率直にものを言う。

その言葉を劉月は一蹴した。

「くだらん」

独り身がつらいなどと思ったことは一度もない。劉月の心の中にはいつもある少女がいて、彼女を妃に迎えることだけを考えて生きてきたのだから。

劉月が、紅華と出会ったのは前皇帝である父がまだ健在で、自身も一の皇子としての自覚が芽生えはじめたばかりの頃だった。

当時の劉月は毎年の儀式に使う供物調達の役目を疎《うと》ましく思っていた。とにかく多忙だったからだ。

皇帝である父には数多の皇子がいて、劉月が一の皇子となった後もその座はいつも狙われていた。その地位を盤石《ばんじゃく》にするために、劉月には学問から武道まで為すべきことが山ほどあり、寝る間も惜しんで励んでいた。その中で年に一度とはいうものの国の端までゆかされるという役目は正直言ってうんざりだった。そのような暇があるのなら、道場に通う方がどんなにか有意義かと思っていた。

けれどある年、矢傷を負ったことをきっかけに立ち寄ることになった村の寺で、劉月はある少女と出会う。

傷のせいで熱を出していた劉月は夜喉が渇いて目を覚ました。旅の疲れで居眠りをしている従者を起こすのが気の毒で、自ら井戸を探して庭へ出てみると、小さな人影を見つけたのである。

無垢《むく》な少女は、見も知らない自分のために幼い身体で瓜を運び、感謝の気持ちを表そうとしていた。その儚《はかな》く小さな姿に、劉月は雷に打たれたような衝撃を受けたのだ。そして疎ましくて仕方がなかった自らの役割が民にとっての心の拠《よ》りどころとなっていると気づかされ、少女の口から紡がれた感謝の言葉を、受ける資格などないと自分を恥じた。

ふたりで食べた素朴な瓜は宮廷のどんな馳走よりも美味《おい》しかった。

次の年も行くという約束を取りつけずにいられなかったのは、彼女の透き通る清らかな心に惹《ひ》かれたから。その気持ちは、歳を重ねるごとに甘く温かなものになっていった。

紙束にちりばめられた、春の陽だまりのような言葉たちが、生き馬の目を抜く宮廷にいる劉月の心を癒《い》やし、なくてはならないものになっていった。会うたびに美しく花開いてゆく彼女を妻に迎えたいと思うのにそう時間はかからなかった。

皇帝である父が病に倒れ、一の皇子として劉月が果たす役割が日に日に増えてゆく中、狩りの役目は弟に譲るべきだという周囲の声にも耳を貸さず、毎年彼女に会いに行った。そして、彼女が成人を迎えたこの年にようやくその気持ちを打ち明けられたのである。

外の世界を知らない彼女が、友人に対する親愛と恋人に捧げる愛情を本当に理解しているとは思えない。けれどこれからそばにいることが叶うのならば、必ずそれを教えることができると劉月は確信している。

紅華を都へ呼び寄せるのは後宮を解体してからと決めている。後宮にまつわる煩《わずら》わしさを彼女に味わわせたくなかったからだ。だが彼女に会いたいという気持ちは日に日に抑えられなくなりつつあった。

老子院は、劉月の後継問題を盾《たて》に後宮解体に反対し続けている。彼女をここへ連れてきて妃にすると宣言すれば、あるいは状況は変わるかもしれない。

「劉月様？」

黙り込んだままの劉月に、秀明が首を傾げている。

劉月は彼に向かって口を開いた。

「秀明、頼みがある。ある村にいる女性を連れてきてほしい」

「妃《ひい》様本日のお召し物はいかがいたしましょう」

雨雨に問いかけられて、朝食を終え茉莉花茶《ジャスミン》にふーふーと息を吹きかけていた紅華は、動きを止めて窓の外に視線を送った。今日は日差しがあるとはいえ、季節は冬。

今年はそれほど寒くないと都《ここ》の人々は言うけれど、もともと暖かい地方から来た紅華にはつらく感じられる。

「暖かいものがいいわ」

そう言って再び茉莉花茶に戻ると、雨雨が大袈裟にため息をついた。

「妃様、私はそのようなことを聞いているのではありません。ここは楊様の邸ではないのです。妃様も美しくなさりませんと、他の方々に侮《あなど》られてしまいますよ。せっかくお館様が素晴らしいお召し物をたくさん持たせてくださったのに……」

紅華が予定よりも少し遅れて後宮入りし、数日が過ぎた。

「妃様、聞いておられます？」

「……聞いてるわ」

最近の雨雨は紅華を〝妃様〟と呼ぶ。これには理由があった。

後宮へ入ることが決まってから、父は紅華に今までの名は捨てろと言った。そしてその日から邸の者たちに春燕と呼ばれる生活が始まったのだ。自分が生きるためには選択の余地はないことはわかっていても、それは思っていた以上につらいことだった。まるではじめから紅華など存在していなかったように感じて次第にぼんやりとする時間が増えていった紅華を心配し、雨雨は紅華を〝妃様〟と呼んでくれたのだ。

『これからは〝妃様〟とお呼びいたします。ですが心の中では〝紅華様〟とお呼びしておりますこと、お許しくださいませ』

ふたりだけの時にそう囁いてくれた雨雨の言葉は、紅華にとって涙が出るほどありがたかった。雨雨が後宮へついてきてくれたことは幸運だったと言えるだろう。

彼女自身召使いとしての生活にも慣れて、ここのところ少々小言が増えてはきたもののの、もはや紅華にとっては友人とも姉とも言える存在だ。

「髪飾りはどれにしましょうか」

再び問いかけられて、紅華は茉莉花茶で温まったお腹をさすりながら雨雨に答えた。

「雨雨……、お父上様がそろえてくださったお召し物のよし悪しは私にはわからないわ。流行も知らないのよ。毎日着るものはあなたが決めて」

「まったく……。いいですか、妃様。妃様は綺麗になされば、誰よりも美しいんですよ。もう少し自覚なさいませ」

眉を寄せる雨雨に、紅華は反論した。

「あら、そんなことないわ。私、髪が紅いでしょう?」

この国では紅い髪が珍しいのだということを紅華は寺を出てから知った。

楊一族では時々紅い髪の者が生まれるという話で、事実父親である楊高曹も紅い髪だが、だからこそ紅華はこの髪の色を好きにはなれそうにない。

後宮に入ってからまだ数日しか経っていないというのに、すでに他の妃や女官たちに『紅い髪だ』とヒソヒソ言われていることも知っている。

「紅い髪の私は、美しいとは言えないはずよ」

その言葉に雨雨がとんでもないというように声をあげる。

「そんなことはありません！」

そして熱く語りはじめた。

「最近都では、紅い髪が流行っているそうですよ。なんでも何年か前に、皇子時代の天子様が『好きな色だ』と仰《おっしゃ》ったとか。紅い髪に染めようかと仰るお妃様もいらっしゃるくらいですから。妃様が天子様にお目通りが叶ったあかつきには、きっとご寵愛を受けられることと思います」

そんなの困る、と紅華は思う。

髪の色が好みだから寵愛を受けるだなんて、絶対に嫌だった。

もちろん後宮に入ってしまったからにはもう皓月の妻にはなれないというのはわかっている。それでも皇帝の形だけの妻ならまだしも、本当に寵愛を受けるなど、考えたくもない話だ。今はただ後宮の隅で、ひっそりと過ごしたい。

「寵愛なんて、恐れ多くて私には考えられないわ」

呟いて湯呑みを置くと、雨雨が残念そうに紅華を見る。紅華の胸がちくりと痛んだ。

雨雨は紅華にとって一番心を許せる存在だが、さすがに皓月のことまでは打ち明けられていない。彼女は紅華が皇帝の寵愛を望まない原因を、ただただ育ちのせいだと思っているのだろう。

「……もっと自信を持っていただきたいです」

そう言ってがっかりしたように肩を落とした。

「まぁそうは言っても、実のところまだこの後宮内に天子様のご寵愛を受けた方はいらっしゃらないようですが。なにしろ一度も後宮にお渡りになられていないそうですから」

「え？」

少し意外なその言葉に紅華は反応する。

「一度も？」

雨雨は紅華をチラリと見て頷いた。

「はい。どういうわけか即位されてから天子様が夜に後宮《ここ》へお渡りになったことは一度もないそうなんです」

さすがの紅華も奇妙な気がして興味をそそられた。大まかな後宮の仕組みは父の邸にいた頃に教わった。後宮に集められた部族長の娘たちは、形の上では皆皇帝の妃になる。でも寵愛を受けるのは、夜に皇帝が部屋を訪れた妃だけ。ならば皇帝が後宮に来なければなにも始まらないのではないだろうか。

「一度もお渡りがないなんて、普通じゃないわよね？」

紅華は声を落として雨雨に問いかける。本来なら自室とはいえ皇帝の陰口と捉えられるようなことは言うべきではないのだが、好奇心に勝てなかった。

「もちろんです」

雨雨が頷いた。

「天子様は、皇子だった頃から病がちな前皇帝陛下に代わり政務を執《と》られていた実力のある方です。でもそれだけじゃなくて、見た目もとても男らしくて素敵な方で、以前より貴族の娘たちの憧れの的だったそうで。ある部族長の家では姉妹のうち誰が後宮に上がるかで壮絶な姉妹喧嘩《げんか》になったという話もあるくらいです。それなのに、蓋《ふた》を開けてみればはじめに挨拶に来られて以来、ほとんど顔をお見せにならないんですもの……。お妃様方の不満は溜まる一方だそうですよ」

紅華と一緒に数日前に後宮に来たばかりだというのに、いつのまにかこんなにも情報を仕入れてきた雨雨に、紅華は感心してしまう。声を潜めつつまた彼女に問いかけた。

「なにかわけがあるのかしら？」

「それなんです！　実は後宮の外に身分違いの恋人がいるとか、女性には興味がなくて男性の恋人がいるとか、実は不能なんじゃないかとかいろいろ言われているそうですが、どれも確証のある話ではありません」

後宮に通わないだけでそこまで言われるとは皇帝も大変だと紅華は同情的な気持ちになる。けれど裏を返せばそれだけ異常な事態なのだろう。とはいえ、紅華にとっては好都合だった。

「それじゃあ、私が天子様に会うことも当分はなさそうね」

やっぱり着るものなんて、なんでもいいじゃないかと胸を撫で下ろす。

その紅華を雨雨が睨んだ。

「そうは言っても、いつお目にかかるかもわからないのです。常に美しく着飾っていていただかなくては！」

「わ、わかったわ、雨雨。でもできたらこの後、庭に出てみたいの。昨日雪の上で見かけた小さな足跡がなんの動物なのか探しに行きたいわ。だからできるだけ暖かいものでお願い」

上目遣いに見てそう言うと、雨雨はやれやれというようにため息をついた。

「仕方がありませんね。今日は庭に出られるよう簡易な服装にしておきましょうか」

「ありがとう！　雨雨」

紅華はさっそく立ち上がる。そして着替えのため寝室へ向かおうとすると、また雨雨に呼び止められた。

「そういえば妃様、明日茶宴《さえん》が開かれるそうです。後宮長様から必ず出席されるようにと言われました」

紅華は足を止めて振り返った。

「……茶宴？」

「妃様のお披露目のために、凛麗《リンリー》妃様が開いてくださるそうですよ」

「……凛麗妃様が？」

凛麗は、都から一番近くの領地の部族、白一族の娘である。後宮へ来た日に一度挨拶をしたきり交流はないのに、なぜ彼女が自分のお披露目をしてくれるのだろう。

「凛麗妃様のお父上は、老子院の議長白柳炎《べユーエン》様です。柳炎様は天子様の皇子時代からの後見人でして、凛麗妃様は天子様とも幼《おさな》なじみだそうで。今のところ皇后様に一番近いお妃様と言われていらっしゃるようですよ。ですから後宮におかれましてもお妃様方のまとめ役のような存在で、新しく入られた妃様のことを気にかけてくださっているのでしょう。公式のものではありませんから、気楽にお越しくださいとお言付けを預かりました」

「……まぁ、ありがたいわね」

そう呟きながら、紅華は心の中で真逆のことを考えていた。

茶宴とは、昼間に妃たちが集まって語らうちょっとした宴のようなものだ。気楽なものだと言われても生まれてこのかたそのような場に出たことがない紅華にとっては、戸惑いでしかない。果たして楊一族の女人としてうまく振る舞えるだろうか。茶の作法はひと通り習ったけれど……。

眉を寄せて考えていると、雨雨が紅華を安心させるように微笑んだ。

「なにも難しいことはございません。皆さんの仰ることに、にこやかに相槌《あいづち》を打っていればいいのです」

その言葉に、紅華は不安な気持ちのまま頷いた。そして作法よりも心配なことを口にする。

「私が、本物の春燕様でないことがバレないといいけれど」

「春燕様は身体が丈夫ではなく南天から出られたことはないとのことですよ。ですから春燕様と面識のある方はいらっしゃらないはずです。堂々としていらっしゃればきっと大丈夫です」

紅華を励ますように言葉に力を込めて雨雨は言う。

浮かない気持ちのまま紅華は頷いた。どちらにせよ、いつかは踏み出さねばならない一歩なのだ。いよいよ偽りの人生が始まるのだという事実が心に重くのしかかった。

凛麗主催の茶宴は、暖かい日差しが差し込む牡丹《ぼたん》の間で華やかに行われた。中央に並ぶ馳走を挟んで左右にあつらえられた各席には、色とりどりの衣装を天女のようにまとった妃たちが座り、鈴の鳴るような声で語らっている。

その中央、金箔《きんぱく》で縁取られた牡丹が描かれた大きな屏風の席に鎮座するのが、凜麗だ。豊かな黒々とした髪に純金の髪飾を挿し、ひときわ上質な衣装を上品に着こなす様は、まさに皇后というに相応しい。

直前までなんとか出席しないで済む方法はないかと、自室でぐずぐずとしていた紅華だったが、後宮長黄燗流の直々の迎えに退路を断たれた形で牡丹の間へ来た。

「南天の妃、楊春燕妃様にございます」

黄燗流の声が牡丹の間に響き、すべての妃が一斉に紅華に注目する。

紅華は真っ赤になって頭を下げた。

「ほ、本日はお招きくださいまして、あ、ありがとうございます……」

蚊《か》の鳴くような声でそう言うのが精いっぱいだ。

「春燕妃様、お会いできて光栄ですわ。お仲間として、お迎えできることをとても嬉しく思います。天子様をお支えする者同士仲良くいたしましょう」

可憐《かれん》な声で凜麗が紅華に語りかける。瑞々《みずみず》しい艶やかな肌、黒く豊かな髪、紅梅色の頬の凛麗に、紅華はしばしの間目を奪われる。でもその時、紅華の耳になにやら不穏な囁きが届いて眉を寄せた。

「それにしても凜麗妃様は、今日も当然のように皇后様の席にお座りになるのね。いいご身分だわ」

「まだご寵愛も受けていないくせに。勘違いも甚《はなは》だしい」

雨雨からの情報によると、茶宴の席順には決まりがあるという。

牡丹の屏風を背に一番奥が、皇后あるいはその時点で一番皇后に近い妃の席で、そこから皇貴妃、貴妃と寵愛を受けている順に並ぶ。入口に近い末席は、寵愛を受けたことがない妃あるいは新参者だ。今日の紅華は末席だった。

皇帝の渡りがない中の席順は、各部族の力関係に配慮して決められているという話だが皆が納得してはいないのだろう。

紅華の胸がずんと重くなった。

ひとりの男性にたくさんの妃がいるという特殊な場所なのだから、多少の揉《も》め事はあるだろうと思っていた。でもこんなにすぐに目の当たりにするとは思わなかった。たとえ自分に向けられた敵意ではなくても気持ちのいいものではない。

一方で妃たちの囁きが聞こえていないであろう凛麗は、紅華に向かってにっこりとした。

「本当に、春燕妃様のお髪《ぐし》は美しいお色ですこと。なんて羨ましいのでしょう」

本当の名ではないため紅華はすぐには反応できない。

「春燕妃様？」

もう一度呼びかけられてハッとすると、皆の視線が紅華に集中していた。

「あ、あの……」

「あら春燕妃様はご存じないのかしら、天子様は紅いお髪がお好みなのよ」

誰かが言った言葉に、雨雨の話を思い出して、紅華はようやくなぜいきなり髪の色を褒められたのかを理解する。やはり彼女たちの関心は、皇帝に向けられているのだろう。

「何年か前に仰ったのよね。紅い髪は綺麗だって。それまでは紅い髪なんて死んでも嫌だって皆思っていたのに一気に流行ったんですわ」

「ご存じ？　染めることもできるそうですよ」

「やってみたいわ、綺麗に染まるのかしら」

「でも、やっぱり紅は……」

あちこちから妃たちが好き放題話すのを、紅華は目を丸くして見る。どこか悪意を感じられるような言葉も混ざっているが皆平然としているところをみると、これくらいは日常茶飯事なのかもしれない。

彼女たちの会話を聞きながら紅華は茶を口に含んだ。

南国の花でできたというその茶の甘い香りに紅華はうっとりと目を閉じる。

そして皆の注目が紅華から離れたのをいいことに、窓の外をぼんやりと見つめた。

庭の木の枝に黄緑色の小鳥のつがいがとまっている。はじめて見る鳥だ。なんて綺麗な羽の色だろう。

「……イェン、春燕妃様？」

うっとりと眺めていると、また名を呼ばれて意識が部屋の中へ引き戻される。どうやら話題は紅華自身へと移ったらしい。

新しい妃が後宮入りすると、慣例として皇帝に挨拶をする機会が設けられるという。皆、近々皇帝と会うであろう紅華を羨ましがっている。

「春燕妃様は、ひとつでも天子様のお目に留まる箇所がおありになって羨ましいわ。私はなにもなくて……」

紅華の真向かいに座る、人のよさそうな妃が残念そうに言う。紅華は曖昧《あいまい》に微笑んだ。

皇帝本人が言ったとはいえ、ずいぶん前にぽつりとこぼしただけの言葉に皆がこれほどまでにこだわるのは、彼に関する情報が少なすぎるからだろう。

「あらぁ、桃花《タオファ》妃様。面長の女人が好きな男性もいらっしゃるわ」

きつい目をした妃に嫌みっぽく返されて、桃花妃と呼ばれた妃は赤くなってうつむいた。きつい目の妃は今度は紅華に向かって口を開いた。

「たとえ髪の色が好みだからといってもそれがすぐにご寵愛に結びつくとは限らない

わ。天子様もご自身の身の安全が確保できる相手でないとねぇ。いくらなんでも楊一族の方じゃあ……ね」

「それもそうですわね」

何人かの妃が彼女に同意するように笑い声をあげる。

言われたことの意味がわからず周囲を見回すと、反応はさまざまだ。笑い声をあげる者、扇で口元を覆い気まずそうに目を逸らす者、眉をひそめる者。

「あ、あの……」

いったいなんのことを言われているのかわからないため、なんと返してよいかわからない。するとそこへ凜麗が割って入った。

「皆様、そのようなことを仰るものではありません。私も含め皆様のお父上様の事情と天子様とのことは関係ないのです。私たちは皆等しく天子様に仕える身なのですから」

諭すような凜麗の言葉に、何人かの妃が大きく頷いている。けれどきつい目の妃は扇子で口元を隠し、舌打ちをした。

「ご自分が一番、お父上の権力をふりかざしているくせに」

紅華は再び窓の外へ視線を移した。

このような小競り合いが日常茶飯事だとすれば、後宮でやっていく自信はまったくない。外の日差しは柔らかいが、部屋の中は真冬のようだ。あの黄緑色の小鳥はもういなくなっていた。

「茶宴はいかがでございましたか」

自室へ戻った紅華は、茶宴用の衣装を脱がずにそのまま寝台に倒れ込む。雨雨からの問いかけに答えることもできなかった。

黄燗流が迎えに来てこの部屋を出たのはたった一刻ほど前なのに、まるで一日中雨の中を歩いていたかのような疲労感に襲われている。布団に顔を埋めてぐったりと目を閉じた。

「妃様そのようにされてはお召し物が皺になります」

雨雨にどやされて仕方なく起き上がり、着るも脱ぐも複雑な衣装を緩慢《かんまん》な動きで脱ぐ。

雨雨が、心配そうに眉をひそめた。

「ずいぶんとお疲れのようですね」

「うん……」

そう答えるのが精いっぱいだった。できればもう二度とあのような場には出たくない。でもここにいる限り、そうはいかないのだろう。先が思いやられて、頭が痛い。

「お妃様といっても、天子様のご寵愛がなければ虚《むな》しいですから、皆様必死に競い合うのでしょう」

その場にいなかったはずの雨雨が見てきたように言う。ひとりの男性に複数の妃がいれば、どのようなことになるのかなど想像に難くないのだろう。

紅華は浮かない気持ちで頷いた。

「そうね、でもそもそも天子様のお渡りがない中であれこれ競っても仕方がないような気がするけれど」

と、そこであのことを思い出して顔を上げる。そして首を傾げて雨雨に問いかけた。

「そういえば、茶宴でよくわからないことを言われたの。私は楊一族だからどうとか、お父上様のことは別だとか」

途中で凛麗が止めてくれたが、だからこそあれは自分に向けられた敵意だったと思う。

紅華の疑問に、雨雨は衣装を片付ける手を止めて悲しい目をした。

「もう妃様のお耳に入ってしまいましたか」

残念そうに呟いて、紅華に向き直る。

紅華は寝台の上にぺたりと座ったまま彼女の話に耳を傾けた。

「あまりいいお話ではありませんから、できれば妃様のお耳にはお入れしたくないと思っておりましたが、ここでお暮らしになる限りは無理だったのかもしれません」

そこで彼女は言葉を切り、悔しそうに唇を噛む。

「私も都へ来たばかりですから、天子様や宮廷のことに特別詳しいわけではありません。ですから、今からお話しすることがどこまで信ぴょう性のある話なのか……」

「わかっているわ、雨雨。いろいろ教えてくれてありがたいのよ」

彼女を安心させるように紅華が頷いて微笑むと、雨雨は少し表情を和らげて話しはじめた。

「後宮に入られたお妃様方のお父上様は皆、天子様をお支えする要職に就かれていらっしゃいます。ですから、お父上様と天子様のご関係がそのままご寵愛に直結すると考える者もいるようです」

ありそうな話だと紅華は思う。だからこそ凛麗が皇后候補なのだろう。そういう意味では、なにを今さらという気もする。

紅華は雨雨をジッと見つめる。そしてあることに気が付いて、パチンと両手を合わせた。

「わかったわ。天子様とお父様は仲が悪いのね！」

雨雨が残念そうに微笑んだ。

「高曹様はかつては、反劉月帝派の筆頭でいらっしゃいました」

「反劉月帝派……」

「そうです。先の天子様には複数の皇子がいらっしゃいましたが、実力とお人柄において抜きん出ていらっしゃったのは劉月帝です。だからこそ一の皇子となられたわけですが、劉月帝にはひとつだけ足りないものがございました」

雨雨はそこで言葉を切ると、部屋の中だというのにあたりを見回して一段声を小さくした。

「……お血筋です」

この広い天軸國を治めるのに必要なものを兼ね備えているのであれば、血筋など関係ないと思うのは、紅華が世間知らずだからだろうか。

「劉月帝のご生母様は皇后様ではなく、さらに言えば後宮にいらっしゃった二十人のお妃様でもありませんでした」

「お妃様じゃない……？」

「もうお亡くなりになられましたが後宮女官だった方だと聞いております。先の天子様が後宮にいらっしゃった折に見初められたと」

紅華は目を見開いた。

そういうこともあるのか。

「ですから一部の者たちの間では別の皇子を推す向きもありまして……その皇子とい

うのが皇后様がお産みになられた胡来儀《コライギ》様です」

聞き覚えのない名前、まったく思ってもみなかった話の内容に、紅華は己の無知を知る。名ばかりだとはいえ、夫となる人のことを自分は本当になにも知らないのだ。

「来儀様は天子様のひとつ年下、年齢的にも問題なく、当時の宮廷はふたつの派閥に分かれて相当対立したようです。劉月帝が南天にお越しになった折に矢傷を負われた事故があったのですが、一部には高曹様が暗殺を企てたのだと言う者もいたそうです」

雨雨の話に紅華の胸がこつんと鳴る。紅華と皓月が出会ったのはまさにその事故がきっかけだった。もう一生会うことも叶わない皓月のことが頭に浮かび胸が痛んだ。

劉月帝が一の皇子となってから数年間、両者は激しく対立した。しかし一の皇子として頭角を現す劉月帝に宮廷の人気が高まってゆく中、前皇后が死去し、来儀派は自然と勢いをなくし解体したという。

「よくわかったわ、雨雨。そんなお父上様の娘である私を天子様がご寵愛なさるわけがないということね」

やっと茶宴で謗られたことの意味がわかり腑《ふ》に落ちた。でもそれならかえって好都合だった。もともと紅華は皇帝の寵愛を望んでいるわけではない。

雨雨が首を横に振った。

「ご寵愛だけの話ではありませんわ、妃様」

「どういうこと？」

「高曹様が現天子様に誠の忠誠を捧げていらっしゃるかどうかは……残念ながら疑う声も多くございます。高曹様は前皇后様が亡くなられた年に老子院の構成員から外れていらっしゃいますから」

来儀を支持したことへの制裁ともとれる人事だ。

「高曹様は前皇后とは従兄弟同士のご関係ですから、来儀様さえ帝位につければ……」

雨雨はそこまで言って口を噤む。

冷静に考えれば、国始まって以来の賢帝と名高い劉月帝を追いやることなど現実的ではないけれど、あの父ならばまだ諦めていなくても不思議ではないと紅華は思う。

「そういった意味で、妃様は非常に不安定なお立場です。天子様に仕える立場でありながら高曹様の動向いかんでは……その……」

雨雨はもはや涙目になってうつむいてしまう。

紅華はその先の言葉を引き継いだ。

「私は、正真正銘の人質ってわけね」

そして寝台から降りて窓へ歩み寄り外を見つめた。

自分の置かれている立場がこれほどまでに複雑なものだとは思わなかった。茶宴が嫌だなどと呑気な我儘《わがまま》を言っていた無知な自分が恥ずかしい。消極的にでもここで生きていくことを決めたのならば、知らなかったでは済まされないこともある。もっと自分の置かれている状況に興味を持つべきなのだ。

紅華は振り返って、心配そうな雨雨に微笑みかけた。

「よくわかったわ、雨雨。ありがとう」

皓月の顔が頭に浮かんだ。

寺で僧侶に読み書きを習いながらも学ぶことへの意義が見出せずにいたあの頃。皓月への思いを紙束に綴ることが大きな励みになった。後になって、なんでもいいから紙に書けと言った皓月は、学ぶことの楽しさを紅華に教えてくれたのだと気が付いた。

その皓月の思いに、今の自分は背を向けている。

――紅華。

皓月の声が聞こえた気がした。

紅華が新しいことを知り綴るたびに喜んでくれた。

たとえ二度と会えなくても、いつでも彼に恥ずかしくない自分でありたいと思う。

「しっかりしなきゃ」

窓の外を見据えて、紅華は呟いた。

茶宴から数日後、後宮長黄燗流が紅華の部屋を訪れた。

「春燕妃様、明後日の朝のうちに天子様のお渡りがございます。春燕妃様はお目通りが叶いますので、ご準備くださいませ」

慇懃《いんぎん》に言う燗流の言葉に、紅華の身体が震える。ついにこの時が来てしまった。

後宮での日々を過ごしながらも、紅華は自分が皇帝の妃になったことをあまり実感できていない。でも顔を見て挨拶をすればそういうわけにはいかないだろう。たとえ寵愛を受けなくても皓月以外の男性の妻になったことを思い知らされるに決まっている。さらに言えば、万にひとつの可能性でも、寵愛を受けることになったらどうしようという不安もある。

髪の色が好みだからといってそう簡単に気に入られることはないだろうが……。

紅華の胸は不安で押し潰されそうになる。とはいえ、皇帝との面会を拒否するわけにはいかない。

「わかりました」と答えると、燗流が頷いた。

「失礼のないようにお願いしますよ。それから、その件について春燕妃様にお許しいただきたいことがございます」

長い前髪の間から紅華をじとっと見つめて、燗流は言葉を続けた。

「天子様が後宮にお渡りになるのは、本当に久しぶりのことにございます。今回は春燕妃様とのご挨拶のために来られるわけですが……その、他のお妃様方もご同席いただいてもよろしいでしょうか？　天子様にお会いになりたいと皆様仰っておられまして……」

「それはあんまりですわ、後宮長様！」

隣で控えていた雨雨がたまりかねたように声をあげた。

「はじめてのご挨拶の時は、おふたりだけでお会いするのが決まりでございましょう。天子様にお顔を覚えていただく大切な機会です。皆様そうされたのでしょう!?　それなのに春燕妃様だけ他の方もご一緒なんて納得できかねます！」

雨雨が燗流に詰め寄る。

燗流がその剣幕に押されるように一歩下がった。

「も、もちろん、春燕妃様を最前列にさせていただきます。それから必ず天子様には春燕妃様にお声かけをいただくようにいたしますから……」

「春燕妃様とお会いになった後に皆様とお会いになればよろしいのでは!?」

なおも食い下がる雨雨の袖を紅華は引っ張る。燗流の提案は、紅華としてはなんの不満もないもので、むしろありがたいくらいだった。

「雨雨、私はかまわないわ」

「なれど！　妃様！」

燗流は好機とばかりに口を開いた。

「天子様は毎日お忙しくされておられますから、後宮に滞在できるのが春燕妃様との面会時間のみなのです。でも他のお妃様方ともお会いになられて、天子様が今後後宮にお通いになられるようになれば……それがたとえ春燕妃様のもとでなくとも後宮全体のためにはよいことなのです。ご理解くださいませ」

早口でまくしたてるようにそう言って、なおも食い下がろうとする雨雨を振り切るように、そそくさと去ってゆく。

雨雨は怒り心頭だ。

「こちらはまだ納得していないのに！」

「雨雨、本当にいいったら。私は気にしないわ。皆様と一緒ならかえって気が楽よ。そんなに怒らないで？」

なだめるようにそう言うと、雨雨が泣きそうな表情になる。寵愛を受ける可能性はほどんどないとはいえ、諦めていないのだろう。

「私は天子様にお頼りできない立場なのでしょう？　だったらここでお断りして他のお妃様方のご不興を買うのはよくないわ」

この間の雨雨の話が本当であれば、これからはなにをするにも慎重にならなければならない。とりあえず他の妃と争いになるようなことは避けるべきだろう。

「それよりも天子様とお会いする時の服を選んでちょうだい。なにしろ私は服のことはさっぱりだもの。どれを着るべきか、まったくわからないわ」
重くるしい空気を変えるように明るく言って、紅華は雨雨の肩にそっと触れる。
雨雨が諦めたように頷いた。

三章　再会

後宮の中央には、翡翠と黄金があしらわれた巨大な龍の壁画が取り囲む、龍玉《りゅうぎょく》と呼ばれる大広間がある。気が遠くなるほど高い天井に描かれた神々が見下ろすこの広間は、公式の宴や皇帝が妃全員と謁見する時に使われる部屋である。紅華はこの日はじめてここへ足を踏み入れた。

皇帝に拝謁するというこの日のために雨雨が選んだのは、純白を表す白い合わせに薄い緑の羽織の衣装だった。紅華の細い身体に優しく沿う造形は過度な飾りがなく着心地もいい。髪は半分だけを結い上げて残りはふわふわとさせたまま胸元へ垂らし、そこに白い鈴蘭の花と控えめな金の髪飾りを載せた。

『天子様のお好みの色かどうかはともかくとして、妃様の髪の色はとても美しいのです。すべて結い上げてしまってはもったいないですから。こうして肩から流しましょう』

優しい言葉を呪文のようにかけながら雨雨が整えてくれた自分の姿は、確かに普段よりはよく見えた。けれど顔色の悪さは隠せていない。

皇帝に会うことが決まってから、食べることも寝ることもうまくできなくなってしまった。寵愛を受ける可能性はほとんどないと、いくら自分に言い聞かせても不安な気持ちは拭えない。会わなくて済むのなら永遠に会いたくないと願っていたのに、無情にもこの時が来てしまった。

「本当にお顔を見るのは久しぶりね。すっごくわくわくしちゃうわ」

紅華とは真逆の空気を身にまとい、次々と他の妃たちが入室する。今日は皆、一段と華やかな装いだった。これならば、どちらかといえばおとなしい色合いの衣装の自分は目立たないだろうと紅華は少し安堵《あんど》する。

けれど自分のために用意されているのが玉座の真向かいの席だと気が付いて、また気が重くなった。他の妃よりも一歩玉座に近いその場所は、否が応でも皇帝の目につくだろう。黄燗流の配慮が憎らしい。

そもそも村の鄙びた寺院で育った自分が名を偽ってこの場にいること自体、許されないと思うのに、国の最高権力者である皇帝に拝謁するなど想像するだけで恐ろしい。

「あぁ、早くお顔が見たいわ」

後ろでそわそわしている妃たちには申し訳ないが、永遠に来なければいいのにと思いながら紅華は着席した。

広間を満たす熱気を息苦しく感じて目を閉じると、頭の中がぐるぐるした。一旦外の空気を吸った方がいいかもしれない。

けれど紅華が立ち上がりかけた、その時――。

「天子様、おなりでございます！」

黄燗流の声が響き、ざわざわと騒がしかった広間は水を打ったように静まり返る。

紅華は慌ててこうべを垂れた。いよいよこの時が来たと、胸が痛いくらいに鳴りだした。

紅華が入ってきたのとは反対側の豪華な扉が音もなくゆっくりと開く。ピカピカに磨かれた御影石の床にコツコツと靴音を響かせて、皇帝がやや足早に玉座に向かってやってくる。そして着席した瞬間に、微かな白檀の香りがふわりと紅華の鼻をかすめた。その香りに紅華は不思議な気分になる。

二度と会うことはないと諦めた、愛しいあの人の顔が脳裏に浮かんだ。

「皆の者、大儀である」

低いよく通る声が広間に響く。

はじめて聞くはずの皇帝の声に、紅華は目を見開いた。皓月の声に似ているような気がしたからだ。

でも紅華はすぐにその考えを打ち消した。このところの不眠と極度の緊張のせいで、そう錯覚したのだろう。

「天子様、この者が楊高曹が女人、楊春燕妃様にございます」

黄燗流が紅華を紹介するその声がとても遠くに聞こえた。頭が混乱して気が遠くなりそうだ。

でも楊一族の娘として失敗は許されないと、紅華は自分に言い聞かせ一生懸命に声を絞り出す。

「南天から参りました。楊春燕と申します」

そしてゆっくりと顔を上げた。

目の前の人物は、限られた地方でしか採れない貴重な染料で染められた真紅の礼服に身を包み、背筋を伸ばして玉座にいた。座に載り切らないほど豊かに取られた長い袖には、龍神の刺繍が純金の糸で施されている。

彼が劉月帝であることは間違いない。でも純金の冠を載せた艶のある豊かな髪、漆黒の瞳は、紅華がよく知るあの皓月だった。

「え……？」

声を漏らした紅華を、目の前の人物も声を失って見つめている。互いに見つめ合ったまままふたりはしばらく沈黙する。

頭の中は真っ白だ。

どうして彼がここにいるのだろう。

自分は皇帝に会うはずだったのに。

まったくなにもわからないままに、紅華はふらりと立ち上がる。とにかく臣下の礼をとらなくては。

でも次の瞬間、紅華の世界がぐらりと歪《ゆが》み、視界は真っ暗に閉ざされた。

──龍玉の間での出来事から遡《さかのぼ》ること半刻前。

「いない⁉　いないとはどういうことだ‼」

皇帝が政務を執り行う珠玉《しゅぎょく》の間で、劉月は秀明を前にして声をあげた。南天へ行き戻ったばかりの秀明が、疲れた様子も見せずに頷いた。

「はい。劉月様が仰ったような娘は寺にいませんでした。僧侶に尋ねましたところ、そんな娘は知らない、今まで寺にいたこともないと……」

「馬鹿なっ‼」

勢いよく立ち上がると、弾みで脇息に足が当たり、コロコロと転がった。

「確かにいるはずだ。狩場近くの村だぞ。間違いないな!?」

「もちろんです。劉月様が毎年狩の帰りに寄っていたあの村です。念のため村の娘たちを全員あたってみましたが、紅華という名の娘も紅い髪の娘もいませんでした」

「そんなはずはない。確かにいた。……僧侶は紅華をどこへやった？」

劉月は空《くう》を睨む。

確かに紅華はいた。月明かりに照らされた白くなめらかな頬、夏の夕焼けを思わせる柔らかな髪、そして抱きしめた時にほのかに香る太陽の香りを、劉月は手に取るように思い出せる。手元には、別れる時に預かった紙束もあるのだ。

「私も天軸國始まって以来の賢帝と言われているあなたが、天女《てんにょ》に恋をしたなどとは思いたくはありませんから、少し調べてみました」

秀明の話に劉月は眉を寄せた。

「僧侶はシラを切り、村の誰に聞いても知らないと言うのですが、明らかに怯えている者もおりましたから」

村の様子は秀明に不審を抱かせるには十分だったという。

「寺の裏庭、井戸のそばの柳の木にこのようなものが結びつけられていました」

そう言って秀明はあるものを劉月に差し出す。金色の糸で作られた瑠璃の腕飾だった。

「紅華のものだ！」

劉月はそれを秀明から受け取るとぎゅっと握りしめる。

秀明は眉を寄せて頷いた。

「やはり……。あのような田舎の村には似つかわしくないもののように思いました。瑠璃はあなたのお母上様が大切にされていた守石《まもりいし》でもありましたから」

劉月は黙り込んで考えを巡《めぐ》らせた。

紅華は確かにいた。あの村の寺で静かに穏やかに暮らしていた。大好きな虫や鳥に囲まれていたはずなのに――。

それがなんらかの原因で姿を消してしまったのだ。しかもそれを村ぐるみで隠している。嫌な予感がした。

「俺が行く」

そう宣言して、劉月は玉座から下りる。一刻も早く紅華のもとへ行きたかった。だがその前に、秀明が立ちはだかる。

「お、お待ちください！　劉月様が自らお出向きになるなど……！　南天には部下を残してきました。引き続き調べさせております」

「悠長にしている間に、彼女になにかあったらどうするんだ!?」

劉月は彼を一喝した。

紅華が、自ら姿を消すはずがない。待っているという言葉、背に回されたあの手の温もりは確かなものだった。やむを得ない事情でどこかへ行かなくてはならないとしたら、必ずなんとかして居場所を伝えてくれるはず。

だとすれば可能性はただひとつ、得体の知れない誰かの手によって連れ去られたのだろう。

あののどかな村でなら安全に待っていられると安易に考えていた自分はなんて愚かなんだろう。一刻も早く自らの手で彼女を救い出さなければ。

「どけっ！　秀明！」

「なれど……！」

立ちはだかる唯一無二の親友に劉月は掴みかかる。秀明も負けてはいなかった。

「なりません！」

その時。

「失礼します、天子様」

扉が開き、黄燗流が現れる。ふたりは掴み合ったまま、振り返った。

ただならないふたりの様子に黄燗流はその場で固まっている。

「なんだ、燗流」

秀明から手を離し、劉月は問いかけた。

燗流が戸惑いを隠せないままに、こうべを垂れた。

「天子様、お時間でございます。ご準備くださいませ」

「……時間？」

「本日は楊一族が女人、春燕妃様とお会いになられる日にございます。後宮の龍玉の間で皆様、お待ちかねです」

秀明が助かったというように息を吐く。だが劉月は燗流の話を一蹴した。

「燗流、その話は中止だ。今日は行けない」

「っ……！　て、天子様!?」

「劉月様！」

燗流は顔を真っ赤にして、秀明は青くなって、ふたり同時に声をあげた。

「ま、まさか、そのようなわけには参りません！　皆様何日も前からお待ちかねなのです！」

燗流が青筋を立てるが、劉月は取り合わない。紅華の命がかかっているのだ。ほんのわずかな時間でも無駄にしたくない。

「所用ができた、またの機会に」

そう言い放つと、秀明が声をあげた。

「劉月様！　冷静におなりください！　皇帝としての役割を放棄なさるおつもりですか？　南天まであなた様自身が出向くなどできるはずがないでしょう！　あちらには優秀な部下を残して参りました。皇帝の名前をちらつかせてでも真実を掴んでこいと言ってあります。まずは都《ここ》でその者の帰りを待たれますよう！」

強く諭す秀明をしばらく睨んでから、一度大きく息を吸うと苛立《いらだ》ちを抑えるように静かに吐いた。皇帝としての責務を問われると、どうしようもなかった。

「……わかった。取り乱してすまない。燗流もすまない。すぐに行く」

少し落ち着いてそう言うと、ふたりとも安堵したように息を吐いた。

それを横目に劉月はさっさと部屋を出て、後宮目指して廊下を進む。

紅華の笑顔が脳裏に浮かんだ。

彼女が心配でたまらなかった。けれど己の心のみを優先させて行動することは許されない立場にいるのも確かなのだ。右手の拳《こぶし》をぎゅっと握りしめた。


案内された控えの間で劉月は困惑していた。

「本日は春燕妃と会うのではなかったか？」

後宮に新しい妃を迎えた際は、ふたりだけで会うのが慣例だ。それなのに案内されたのが後宮で一番大きな龍玉の間だったからである。

「本日は春燕妃様とのお顔合わせでございますが、他のお妃様方もご同席されます。先日お伝えしたはずですが」

遠慮がちに言う燗流に、劉月はそういえばそのようなことを聞いたと思い出す。多忙を極める劉月は、政務のことならともかくとして、後宮の案件については後回しになりがちで記憶に残りづらい。

「おそれながら、新しく入られた春燕妃様は美しい方であられますが、なにぶん楊一族の女人にござりますれば、ご寵愛なさるには少々差し障りがあるかと存じ上げます」

あれほど会いに行けと言ったくせに、涼しい顔でそのようなことを言う燗流に、劉月は呆《あき》れてものも言えない。無言のまま先を促すとどこか得意げに続きを話しはじめた。

「ですからこの折に、他のお妃様方にもお言葉をいただきたく存じ上げます。皆様この日のために美しくされておられますれば……」

つまりは本日の目的は、春燕妃と会わせることではなく他の妃たちと会うことだというわけか。

劉月はため息をついた。

「春燕妃はそれでいいと言ったのか？」

我儘な妃たちが父親に泣きついて、家臣からそれとなく水を向けられるのにはうんざりだ。つい先日も白柳炎に娘の凛麗のどこが気に入らないのだと嫌みを言われて辟《へき》易《えき》した。

春燕の父親は楊高曹だが……。

「春燕妃様は快くご了承くださいました」

なにが嬉しいのか烱流が胸を張る。

「他のお妃様のようにあれこれ仰らなかったので私も助かりました。おとなしい方ですが、ご自身の立場をよく理解されているのかもしれません」

「そうか……」

劉月は少しばかりその妃に同情する。どの一族の女人かは関係なく紅華以外の女性

て彼女自身が引け目を感じていないが、楊高曹の娘だからといっを妻に迎えるつもりはないが、楊高曹の娘だからといって彼女自身が引け目を感じて

いるのであればかわいそうに思う。物わかりのよい娘ならばなおさらだ。

彼女のような者を早く解放するためにも一刻も早く後宮を解体しなくては。

「天子様、お時間でございます」

「ああ、わかった」と返事をして劉月は立ち上がる。しかし気はそぞろだった。

本当ならこんなことはさっさと終わらせて今すぐに紅華を迎えに行きたい。

扉が開かれるのももどかしく、劉月は広間に足を踏み入れた。

広間はむせるような香りに満ちている。花の香り、甘い香り、欲望の香り。そして見渡す限りの色――。美しい女たちが煌《きら》びやかな衣装に身を包み、皇帝である自分を今か今かと待ち構えている。

この様を不愉快に感じる自分はどこかおかしいのだろう。

劉月は広間の中央にある玉座に向かって足早に進む。近づくにつれ、その真向かいに座る妃に視線が吸い寄せられた。

位置からいって、彼女が新しく後宮入りした春燕に違いないが、劉月の心を捕らえたのはその髪の色だった。

夏の夕陽を思わせる、紅い艶のあるふわふわとした髪は、紅華のそれに酷似している。色があふれるこの広間で、白い合わせの衣装に身を包む彼女がまとう空気も紅華

の無垢を思わせた。

劉月は己の目を疑う。

あまりにも彼女のことを考えすぎて、都合のいい幻覚を見ているのだろうか。

心の中の動揺を振り切るように、劉月はやや乱暴に玉座に座る。

こんな乱れた気持ちは、彼女が顔を上げるまでだ。

簡単に挨拶を済ませたらやはりなんとか秀明を説得して本物の紅華のもとへ行こう。

「南天から参りました。楊春燕と申します」

春燕が震える声で名を名乗る。その声音に、劉月の心はかき乱される。

声音まで紅華そっくりだったからだ。

劉月が見つめる中、春燕がゆっくりと顔を上げた。その顔を見た瞬間、劉月は息を呑んだ。

あどけない顔立ちにキラキラと輝く澄《す》んだ緑の瞳、夕陽色の髪は、まさしく劉月が妻にしたいと願うたったひとりの女性だ。

自分の目が信じられなくて、ついにおかしくなってしまったのかと劉月は思う。紅華の身を案じ、会いたいと思いすぎて、似ても似つかぬ女性を紅華にしてしまった。

だがどうやらそうではないようだ。目の前の〝紅華〟も自分と同じように驚いて目を見開いて「えっ」と掠れた声を漏らしたきり言葉を失っている。

　その様子に紅華だと劉月は確信する。なぜ後宮《ここ》に、別人の名で、自分の妃としているのかは不明だが、あの井戸のそばで将来を誓い合った彼女に違いない。

　一方で紅華の方は困惑を隠しきれない表情のまま、なにかに操られるようにふらりと立ち上がる。皇帝に対し臣下の礼をとるつもりなのだろう。

　しかしそのまま力を失い、ぐらりと体勢を崩す。

「っ……！」

　危うく名を呼びそうになり、劉月はなんとかそれを思いとどまる。すぐに立ち上がり駆け寄ると、椅子から崩れ落ちる寸前の彼女をしっかりと腕に抱きとめる。

　愛おしい陽の香りが劉月の鼻をくすぐった。

　やはり紅華だ。無事だった……。

　目を閉じてぎゅっと彼女を抱きしめる。その身体が少し痩せたように思えて、劉月の胸がちくりと痛んだ。

　なにがあったのかは知らないが、鄙びた寺で静かな日々を過ごしていた彼女がこのような場に来るためには、慣れないことの連続だったに違いない。

「天子様、ただ今、薬師をお呼びいたします」

　遠慮がちに声をかけられて、劉月は自分が宦官たちに取り囲まれていることに気が付いた。龍玉の間が騒然となっている。

「すぐにお運びいたします」

女たちの悲鳴のような声を背に、宦官が手を差し出している。その光景に劉月は不快感を覚える。紅華を他の男の腕に委ねるなど絶対にありえない。視線でそれを拒絶して、劉月は紅華を抱いたまま立ち上がる。女たちの声がより一層高くなった。

だがそんなことはどうでもいい。一刻も早く自分の宮へ連れ帰り、介抱してやりたい。

「天子様……？」

宦官たちの戸惑いを横目に、劉月はすたすたと控えの間を目指して歩きだす。

「天子様！　私どもがお運びいたします！　どうぞこの場におとどまりくださいませ！」

黄燗流からの声かけに、劉月は一旦歩みを止める。振り返って彼を見ると、龍玉の間が水を打ったように静まり返った。

その場の誰もが皇帝の驚くべき行動に言葉を失っている。妃たちは皆傷ついたように眉を寄せて劉月と紅華を見つめている。だがやはり、劉月にとってはどうでもいいことだった。

劉月は黄燗流に向かって口を開く。

「彼女は私の妃だ。お前たちが触ることなど許さない」

それだけを言うと、振り返らずに龍玉の間を後にした。

夢を見ていた。蒼白い月の光の中で皓月に抱かれ、ゆらゆらと心地のよい揺れに身を任せている夢だ。気持ちよくてこれ以上ないくらいに幸せだ。

母を知らない紅華は、生まれてからずっと心から安らげる場所を探している。誰かを愛し愛される、それだけで満たされる温かい場所。そこへようやく辿り着いたのだ。

すぐそばにある温もりに身を寄せると、白檀の香りに包まれる。

でも次の瞬間に紅華を包む温かい腕は消え失せて、闇にひとり取り残された。

『皓月！　皓月！』

彼の名を呼びながら、闇の中をひとり彷徨《さまよ》う。どこからともなく声が聞こえる。

『俺がいるのに、後宮へ入ったのか。待っていろと言ったのに』

皓月の声が紅華を責め立てる。紅華は必死で首を振る。熱い涙が闇に散った。

『違うっ！　違うの、皓月！』

『いいえ、なにも違わない』

今度は自分の声だった。

『私は皓月を裏切った。生きるために他の人の妻になることを選んだわ。私はもう彼に愛される資格はない』

『違う！』

『違わない』

『裏切り者』

『嘘つき！』

「……ファ、紅華！」

「ちが、う……！」

紅華を呼ぶ声と自分の声が重なって、紅華の意識は浮上する。見慣れない天井に下がる豪華な灯籠を不思議な気持ちで見つめてから、ようやく夢を見ていたことに気が付いた。

心配そうに皓月が覗き込んでいる。

「あ、私……？」

大きな手が紅華の額に優しく触れて、汗を拭う。

「大丈夫か？　うなされていた。だが、気が付いてよかった」

心の底から安堵して、息を吐いている。

紅華はまだ夢の中にいるのだろうと思った。

「紅華、気分はどうだ？」

自分に触れる手は温かく確かな感触だ。現実の世界のようにも思えるが、ここにいるはずのない人がいるのだから、わけがわからなかった。

「皓月……？」

「ああ」

「でも、……本当に？」

「本物だ」

布団からはみ出した手をしっかりと握られる。その力強さに、本当に彼なのだと実感する。どうして彼がここにいるのかわからないけれど、とにかく皓月に違いない。

紅華の視界は瞬く間に滲《にじ》んでゆく。大粒の涙が眦《まなじり》からあふれた。

「皓月、あ……あ、会いたかったの。こ、皓月……。い、行ってしまったの。皓月が、いなくなってしまったの……」

気持ちはまだどこか夢の中にいるようで、紅華はひっくひっくとしゃくりあげながら泣きだしてしまう。

夢で見た光景は、父に引き取られてからずっと紅華の胸の中にあったものだった。唯一の心の拠りどころであった皓月を裏切ったという罪悪感と、ひとりになってしまったという孤独感。張り詰めていた気持ちが堰《せき》を切ったようにあふれだし、紅華は泣き続けた。

「紅華、大丈夫だ。俺はここにいる」

皓月が優しく紅華の頭を何度も何度も撫で続ける。その確かな温もりと彼の声音に紅華の心は次第に落ち着きを取り戻す。

「……泣いてしまってごめんなさい」

鼻をぐずぐずさせながらそう言うと、彼は首を横に振った。

「謝らなくていい。それより紅華、目を覚ましてくれて安心したよ。心配したんだ」

「……？」

言葉の意味をすぐには理解できず紅華が首を傾げると、彼は心配そうに眉を寄せる。

「倒れただろう？」

「倒れた……？」

ぼんやりと彼の言葉を反芻《はんすう》し、少し考えてからようやく紅華は龍玉の間での出来事を思い出す。

「あっ！　わ、私……。皓月……え？　て、てんし……さま……？」

混乱しながらの問いかけに、彼は静かに頷いた。

「驚かせてしまって、すまなかった」

はっきりと目の前で本人の口からそうだと言われたのに、それでもまだ信じられない。信じられるはずがない、と紅華は思う。

けれど今から思い返せば、納得いくことがいくつかあるのも事実だった。

毎年会いに来ることを彼が約束できたのは、それを決めうる立場にいたからだ。家を継ぐというのは、即位するという意味だった。

皓月と劉月帝というふたりの人物の存在が、紅華の中でひとつになる。

口をついて出てきたのは詰《なじ》るような言葉だった。

「どうして、教えてくれなかったの？」

後宮入りが決まってから今日までの日々が紅華にとってどれほどつらかったか。はじめから皇帝が彼だと知っていれば、そのようなこともなかったのに。

でもそこでハッとして、紅華は慌てて口を噤《つぐ》む。今のふたりは皇帝と妃という間柄。いくら幼なじみだからといってもこのような態度は許されない。

「あの、て、天子様、申し訳ありま……せんでした」

慌ててそう取り繕うと、劉月が首を横に振る。そして寝たままでは失礼だろうと思い起き上がろうとする紅華の背に枕を挟み、紅華の白い手を両手で包み込んだ。

「今まで通りでいい。俺は紅華の知っている皓月だ。なにも変わらない」

自分を見つめる眼差しに励まされる気持ちになって、紅華はもう一度問いかけた。

「どうして教えてくれなかったの？　名前まで偽って……。言ってくれたらよかったのに」

「紅華が聞かなかったんじゃないか。それに皓月という名は嘘じゃない。幼名だ。即位してから名を変えた」

「な……！」

大したことじゃないとでもいうように肩をすくめる劉月に、紅華は絶句した。

皇帝となる皇子は即位の時に名を変える。皇帝は代々、劉の字がつくのが慣例だ。確かにそれはそうだけど、こんな重要なことは聞かれなくても言うべきだ。

「紅華は俺を従者だと思い込んでいたみたいだが、俺はそんなことはひと言も言ってはいない」

「で、でも……！」

「それに俺が皇子だとわかったら、紅華は口もきいてくれなくなっただろう？」

「そ、そんなこと……！」

ない、とは言えなかった。彼の言う通りだったからだ。彼が皇子だと聞いたなら、きっと紅華は恐ろしくて逃げ出してしまっていた。そもそもその話を信じられていたかどうか……。

口をぱくぱくさせて紅華はなにも言えなくなってしまう。

劉月がやっぱりという目で紅華を睨んだ。

「求婚の話もそうだ。俺が皇帝になると言ったら、絶対に受け入れてくれなかった」

当たり前だ、と紅華は思う。

どこの世界に寺で育った田舎者が、皇帝と結ばれるなどという話があるのだ。

「だから言わなかった。俺はどうしても紅華を妻にしたかったから」

「でも……」

呟いて紅華は劉月から手を引こうとする。だが強く握られていて、それは叶わなかった。

「き、嫌いで、お断りするわけではないのだから……」

「同じことだ」

そう言って彼は紅華の手に口づけを落とす。そしてまっすぐに紅華を見つめた。

「俺は紅華に皇子だとか皇帝だとか、そういうことは関係なくただの男として見てほしかったんだ」

誠実な視線に紅華の胸が熱くなる。もちろん彼が何者だろうと紅華は彼が大好きだ。でも皇帝であることは簡単に無視できることではない。

紅華はなおも反論する。

「でも、天子様は、天子様だわ」

その唇を劉月がそっと指で押さえた。

「ふたりだけの時は名前で呼んでくれ。俺を名で呼ぶ者は少ない」

「名前って……劉月？」

劉月が満足そうに頷いた。

「とにかく、俺の秘密はこれで終いだ。次は紅華の番だ。なぜ別人の名で後宮にいるんだ？」

その問いかけに紅華の胸がどきりと鳴る。突然自分が嘘をついていたことを思い出した。

本来後宮へ入るはずだった本物の楊春燕はもはや亡い。それなのに紅華を春燕と偽って皇帝を騙《だま》した罪は軽くないだろう。

自分や父はお咎めを受けても仕方がない。でも南天の地の税が倍になるのは避けたかった。慎ましい村の暮らしを知る紅華には、税が上がることでどれだけ人々が苦しむのか痛いくらいにわかるからだ。

どう言えばいいのかわからなくて、紅華は真っ青になってしまう。

劉月が安心させるように口を開いた。

「紅華、大丈夫だ。悪いようにはしない。俺を信じて話すんだ」

どのみち紅華には話すより他に道はない。言い逃れはできないのだから。

彼を信じようと紅華は自分に言い聞かせ、思い切って口を開いた。

「劉月が都へ帰ってひと月くらい後に、お父上様の使いの方が私を迎えに来たの。これからはお父上様が私を引き取るから一緒に暮らすようにって。そのお父上様というのが……」

「楊高曹？」

紅華は頷いた。

「私、その時はじめて自分の父が楊一族の長様だったって知ったの。それでようやくお主様がなぜ村の人たちとあまり交流させてくれなかったのかがわかったの。いつ楊家の邸から呼び戻されるかもわからなかったからなのね。寺を出る時に、村でのことはすべて忘れろと言われたわ」

楊高曹が寺で僧侶に紅華を育てさせたのは、邸に入れる気のない娘でも駒として確保しておきたかったからだろう。各部族の長が皇帝に娘を差し出すという慣習があるこの国では、娘はなくてはならない存在だ。

「母上は？」

劉月からの問いかけに、紅華はうつむいて首を横に振った。

「……そうか」

劉月が握ったままの紅華の手にぎゅっと力を込めた。

「本当の春燕様は少し前に亡くなられたの。だからお父上様は代わりに私に都へ行けと仰った。きっと私とお父上様の髪の色は同じだから都合がよかったのね。でも私が楊家の娘だって誰にも知られていないでしょう？　私がそのまま後宮へあがっても認められないだろうから、春燕様のふりをしろって言われたの……」

すべての事情を吐き出して、紅華は長いため息をつく。そして目を伏せた。

「……ごめんなさい」

「確かに」

劉月が口を開いた。

「紅華という名のままここへ来ても、老子院は認めなかっただろう。後宮の妃たちは……」

最後まで言わずに口を噤む。紅華はその先の言葉を知っていた。

――後宮の妃は、人質だから。

二十人の家臣の中で、皇帝ともっとも距離のある楊高曹の娘が、本物かどうかわからないのでは心もとない。

よりによってその楊高曹が偽物の〝春燕妃〟を立てたことが露呈すればどうなるのだろう。黙り込み思案する劉月の横顔を紅華は不安な思いでジッと見つめた。

「……紅華、お前が本物の春燕妃ではないと知ってる者は楊高曹以外にもいるのか？」

劉月が難しい表情で紅華に尋ねる。

「後宮《ここ》では楊家から一緒に来た女官の雨雨だけよ」

「ではしばらくこのまま伏せておけ。このことが老子院に知られれば、ただではすまない。楊高曹も……お前も」

　やはりという思いで、紅華は頷く。そしてもうひとつ気になることを口にする。

「でも、劉月は？　怒ってはいない？」

　家臣とその娘の裏切りを彼自身はどう思っているのだろう。

　劉月が肩をすくめた。

「俺はもともとこの慣習はいらないと思っている。人質のように妃を娶らなくては国を治められない皇帝など皇帝ではない」

　握った手に力を込めて、紅華をジッと見つめた。

「今は老子院の反対にあって実現できていないが、近いうちに後宮は解体する。本当はそれから紅華を迎えに行こうと思っていたんだ」

「劉月!!」

　彼の口から出たとんでもない話に、紅華は目を丸くした。

「後宮を解体するの!?　まさか、そんな！」

　後宮制度は天軸國始まって以来の伝統だ。それをなくしてしまうことなどできるのだろうか。

「なぜ、そんなに驚く？」

　劉月が不満そうに紅華を睨んだ。

「俺は紅華ひとりを愛すると誓っただろう？　紅華は俺に他の妻がいてもいいのか？」

もちろん嫌に決まっている。劉月からもらった『紅華だけを愛する』という言葉は紅華にとって宝物だ。けれどそれは彼が皇帝だと知る前の話だ。今は少し事情が違うような気がして、紅華は黙り込んだ。

劉月が寝台に乗り上げて、紅華の両脇に両手をついた。そして劉月の視線から逃げるようにうつむいている紅華の顎に手を添えた。

「俺は紅華以外の妃などいらない。紅華ひとりを愛する」

もう一度、誓いの言葉を口にして劉月は紅華をまっすぐ見つめる。

それを見つめ返すうちに、紅華の胸がじんわりと温かくなっていく。

劉月は確かに皇帝だ。でも紅華のよく知る彼には違いないのだという事実がしっかりと胸に刻まれて、本当にいいのだろうかという思いは、頭の中のどこかへ消えた。

「わかったわ、劉月。ありがとう」

頬を染めてそう言うと、劉月が満足そうに頷いた。

お互いの誤解を解いた後、このままここで休むようにと言い残して、劉月は政務へ戻っていった。

ひとりになり、そういえば見覚えのないこの部屋はどこなんだろうと見回していると、扉を突き破るようにして雨雨が入ってきた。

「妃様！」

寝台に駆け寄るなり、心配そうに紅華の額に手を当てる。

「お熱はないようですね」

そしてまずは紅華に水を飲ませたり汗を拭いたりと細々と世話をして、紅華の体調が大丈夫そうだということを確認すると、ようやく安堵したように息を吐いた。でもすぐにぷりぷりして紅華を睨む。

「ここのところ、ろくにお食べになっていなかったですから、いつかこういうことになるんじゃないかと思っていましたよ！」

「心配かけてごめんなさい」

紅華は素直に謝った。

食事も睡眠もろくにとれていなかったのは万が一にも皇帝の寵愛を受けてしまったらどうしようという不安のせいだった。その憂いが晴れた今、もう大丈夫だ。

すると雨雨は突然一歩下がり、かしこまって恭《うやうや》しく頭を下げた。

「妃様、おめでとうございます！」

意外な彼女の行動に、紅華は目をパチクリとさせる。いったいなんのことかさっぱりわからない。

その紅華に、雨雨が少し興奮気味に説明をする。

「今宵、妃様はこちらで休まれますようにと天子様よりお言葉がございました。つまり、妃様が劉月帝御即位以来はじめてご寵愛をいただくお妃様となられるのです!!」

感極まったように涙ぐんでいる。

紅華はまたもや目を丸くして、恐る恐る彼女に尋ねた。

「あのう……雨雨、この部屋は……?」

「恐れ多くも天子様のご寝所にございます!」

なるほど。確かに今紅華が寝ている寝台は、肌触りのいい上質な寝具が敷かれている。しかも大人が何人もゆうに寝られるほどの大きさだ。深い緑色の寝台幕や天蓋《てんがい》は、この部屋の主人が男性であることを思わせる。ここは劉月の部屋だったのか。

一方で雨雨はうっとりとして続きを話しはじめた。

「宦官たちの話によりますと妃様がお倒れになられた時、天子様が素早く抱きとめられ自らお運びになられたとのことですよ。宦官たちが触れるのも許さないと仰ったそうで、そのままここへ連れてこられたのです。天子様が去られた後は他のお妃様方の悲鳴で騒然となったそうです。ご寵愛を受けようと今まで皆様あの手この手でお誘いしても、どなたにも決してお手を触れなかった天子様が、〝私の妃に触れるな〟と仰ったそうですから!」

そういえば龍玉の間で紅華は椅子から落ちるように気を失った気がする。それなのに身体のどこも痛くないのは、劉月が抱きとめてくれたからなのだ。

確かにそのようなところを見られたとしたら、他の妃が騒ぐのも当然だ。

茶宴で鞘《さや》の当て合いをしていた妃たちの顔が次々と浮かび、紅華は少し憂鬱になった。

「あぁ、夢のようですわね。天子様は妃様のお美しさが一目でお気に召したんですわ。妃様の髪の色は天子様のお好みだという話でしたからもしやと思っていましたけれど、まさか本当に……！」

「助けてくださったのは間違いないけれど、ご寵愛とは別の話じゃないかしら」

放っておいたらいつまでも続きそうな彼女の話を、紅華はさりげなく止める。

劉月が紅華をここへ連れてきたのは、ふたりの話を誰にも聞かれないようにするためで、内密で話をする必要があったからだ。今夜もここで休むようにと言ったのは、これからどうしていくか話し合うためだろう。雨雨が期待しているような話ではない。

「きっと私の身体を気遣ってくださったんだわ」

適当なことを言ってごまかすと、雨雨は不満そうに口を尖《とが》らせた。

「でも妃様。天子様は妃様に本日はこのままここでお休みになるよう仰ったのですよ！　しかも天子様も政務を終えられたらこちらにお戻りになられるとはっきり仰った。と、いうことは、そういうことですわ！」

胸を張って宣言して、雨雨は意味ありげに微笑んでいる。そして、そういうことってどういうこと？と紅華が聞き返す間もなく、両手をパンパンと叩《たた》いた。その瞬間、勢いよく扉が開いて、幾人もの女官たちがなだれ込むように部屋に入ってくる。

「きゃあ！」

紅華は思わず声をあげた。

雨雨が満面の笑みで彼女たちを紹介した。

「妃様、こちらは古参の女官方ですわ。今宵の準備のために後宮から来ていただきました」

「えっ？　今宵の準備？　ちょ……ちょっと待って、なにを……？」

戸惑う紅華にふくよかな女官がずんずんと歩み寄り、嬉しそうに声をあげる。

「まぁ、可愛らしい方ですこと！」

そのなんともいえない迫力に、紅華はびくりと肩を震わせた。

「あ、あの……」

〝ご寵愛〟や着飾ることに関しては意見が対立しがちな雨雨と紅華だが、たいてい雨雨は紅華の気持ちを尊重してくれる。けれど目の前の彼女は、とても太刀《たち》打ちできなさそうだ。

「春燕妃様！」

「は、はい……」

張りのある声で名を呼ばれて、恐る恐る返事をすると、女官は大きな声で話しはじめた。

「春燕妃様は確かに可愛らしく、しかも天子様お好みの紅い髪でいらっしゃいます。ですが、それだけでは天子様のお相手は務まりません。恐れ多くも天子様でございますれば！　しかしながら、ご安心くださいませ。この私めがお手伝い差し上げますれば、必ずや日没までには天子様をお迎えできるようにいたしましょう！」

声高々に宣言する女官を、雨雨は心底頼もしいというように嬉しそうに見ている。

「妃様、よかったですね」

「………………」

万事休す。

紅華はあれよあれよという間に女官たちに取り囲まれてしまった。

皇帝が政務を行う朱玉の間へと続く長い回廊を、劉月は足早に進んでいる。冷たい風が頬を撫でるのが心地よかった。

行方不明になっていた紅華がこの手に戻った。少々複雑な事情もあるが、手元にいればなんとしても守ってやれるだろう。こんなに晴れやかな心地は即位以来はじめてだと、内心で単純な自分に呆れながら劉月は歩みを進める。

皇帝として今日やるべきことは山積みだが、終われば紅華のもとへ行けるのだ。

紅華を置いて寝所から出た後、控えの間にいた秀明にだけは事情を話した。いつもは冷静な彼もさすがに驚いたようだったが、そこは乳兄弟、劉月の意向を汲《く》んでくれた。問題は、事情を話すわけにはいかないその他の者たちだ。

「天子様！　天子様……！」

回廊を進む劉月に追いすがるように、黄燗流がついてくる。それを横目に、足を緩めることなく返事をする。

「なんだ」

「おそれながら……！」

息を弾ませて、燗流が口を開いた。

「春燕妃様は、楊一族の女人にございます！」

予想通りの彼の言葉に、劉月は長い袖をなびかせて燗流をチラリと見る。

「それが如何《いかが》した。常々後宮に通えと口を酸っぱくして申しておったのはそなたではないか。今宵は春燕妃を所望する。あのまま我が寝所にて待たせていろ。政務が終わったらすぐに行く」

黄燗流が食い下がる。

「春燕妃様はご寵愛なさるには差し障りがあると申し上げたはずです！」

劉月は立ち止まって振り返った。

「差し障りがある……？」

突然立ち止まった皇帝に、驚きつんのめりながらも燗流はその場に跪いた。

「春燕妃のどこがどう差し障りがあるのだ、申してみよ」

劉月の切り返しに、燗流は口を歪めて言い淀《よど》んだ。

「あ……いや、そ、それは……」

裏では反皇帝派の筆頭などと言われている楊高曹も、表向きは地位の高い家臣である。たかが後宮長の燗流が声高に批判してよい人物ではない。目を白黒させる燗流を劉月はさらに追い詰めた。

「後宮に集められた女人たちは皆、私の妃であろう？　皇帝《わたし》が寵愛するのに差し障りのある者などいない。私は私の気に入った妃を褥《しとね》に呼ぶ。お前が口出しすることではない」

劉月はそう言い放ち彼を睨む。

燗流は真っ青になった。

後宮長は昔から人気の役目である。古来より皇帝は気に入った妃の部屋を訪れるが、後宮長へ助言を求めることも多くあったという。

今朝のようなすべての妃が一堂に会する時の席順なども、後宮長が決めるとされている。従って妃たちから自己に便宜を図るよう金品が集まりやすいのだ。後宮長が給金よりも遥《はる》かに裕福なのはそのためである。

察するに、ふたりだけで行うはずの今日の顔合わせが他の妃の同席になったのは、妃の誰かが燗流に要求したからだろう。それなのに結局、劉月が紅華を選んだとなれば燗流にとっては面目丸潰れ。さらに言えば、後宮長に金品を渡すなどという発想のない紅華のような妃が寵愛を受けても、彼にとってはまったく旨味《うまみ》がないのだろう。

このような慣習は劉月がもっとも嫌うところだが、長く続いてきた後宮の慣わしとしては当然の考え方だ。

「どうなんだ、燗流」

黙り込む燗流に、劉月は畳みかける。燗流はそれでもなにか言いたそうにはしていたが、ここで反論するのは得策ではないと判断したのだろう、諦めたように平伏した。

「……かしこまりました、天子様。出すぎたことを申し上げまして、申し訳ございませんでした。春燕妃様にはご準備してお待ちいただくよういたします……」

劉月は踵を返しまた歩きだした。

夜の帳《とばり》が下りる頃、湯に浸かり髪を梳《す》いてすっかり寝支度を整えられた紅華は、劉月の寝台に腰掛けて彼を待っていた。

夜になりぐんと寒くなったけれど、部屋の各所に置かれた火鉢《ひばち》の中ではパチパチと火が爆《は》ぜて、部屋はポカポカと暖かい。

今日は紅華の世界がガラリと変わった一日だった。

あれほど会いたいと願った晧月と再会できたことはとても嬉しかった。でもどこかまだ夢の中の出来事のようにも感じられて、心がふわふわと落ち着かない。ここは劉月の部屋だが、やっぱり夢でしたと別の人物が現れたらどうしよう。

そんなことを考えていると居ても立ってもいられなくなり、紅華は立ち上がる。そして寝台の前を行ったり来たりしていると、扉の外で控えている女官に声をかけられる。

「天子様、おなりです」

紅華の胸がどきりとした。

その言葉通り扉が開き、劉月が足早に入室する。背後で扉が閉まると同時にいきなり紅華を抱きしめた。

「紅華……」

低い声が甘く紅華の耳をくすぐった。

「政務の間、気が気じゃなかったよ。やっぱり夢だったんじゃないかって。でも本物の紅華なんだな」

紅華の髪に顔を埋めた劉月がくぐもった声を出す。紅華の心が温かくなった。彼も自分と同じように不安だったのだ。

「私、ここにいるわ。ここで劉月を待っていた」

彼を安心させるように紅華は言う。

劉月が頷いた。

「ああ」

ふたり微笑み合い、額と額をぴたりと合わせると紅華も深い安堵に包まれた。

でも彼が、小さく息を吐いたのに目を留めて、紅華は眉を寄せた。

「疲れているみたいね、劉月。今日は忙しかったのでしょう？　朝は倒れた私に付き添ってくれたから、午後の予定が遅れて大変だったって後宮長様に叱られたわ……」

女官たちに囲まれて準備をしている紅華のもとに途中から現れた燗流は、彼女たちにあれこれ指図を出しながら、終始どこか不機嫌だった。失態を演じた紅華に腹を立てているようだった。

『あのようなことは、私が後宮長になって以来はじめてにございます。天子様にお越しいただくよう努力するは後宮の女人すべての者の義務ですが、あのようなやり方は……残念ながらよいとは言えません。他のお妃様方のご不興を買いますれば『あら焗流様、どのような流れであっても天子様のご寵愛を受けるのは喜ばしいことですわ。硬いことは仰らないでくださいまし』

嫌みのようにネチネチと小言を言う焗流には、ふくよかな女官が言い返してくれたが、焗流の言うことも一理ある。

わざとではなくても、他の妃から見たら出し抜かれたと思われていても仕方ない。大事な場面で倒れてしまった自分の不甲斐《ふがい》なさについては申し訳なく思った。それが皇帝である劉月の政務に影響したのなら、なおさらだ。

「ごめんなさい」

しょんぼりとして謝ると、劉月が首を横に振る。

「気にするな」

そして優しく紅華の頭を撫でた。

「もともと後宮での顔合わせ自体も無理矢理ねじ込まれた予定だったんだ。焗流の言うことは気にするな」

温かいその感触に紅華はホッと胸を撫で下ろす。でもすぐに劉月の視線が自分の寝間着に注がれているような気がして、今度は真っ赤になってしまう。

そして自分を包む劉月の腕から逃れて一歩後ずさると両腕で自分を抱いた。

「あ、あのね。劉月、この服は……雨雨と女官たちが、こ、今夜は、て、天子様の……その、ちょ、寵愛を受けるんだって言って、無理矢理……。私が、いくら違うって言っても、聞いてくれなかったの。ほら、劉月とのこと、言うわけにもいかないし……その……」

雨雨をはじめ張り切る女官たちが今宵のために準備した衣装は、信じられないほど薄くて布の部分が少ない寝間着だった。袖のない合わせは紅華の白い肩を少しも隠してくれないというのに、頼みの綱の羽織りは透けていてなんの役目も果たしてはいない。

紅華がいくら劉月はそんなつもりはないはずだと訴えても無駄だった。他の衣装もなく寝台幕にくるまるわけにもいかず、紅華は結局そのままで劉月を待っていたというわけだ。

真っ赤になったまま一生懸命に言い訳をすると、劉月は紅華から視線をそらして軽く咳払いをし、自分の羽織りを羽織らせてくれた。

「紅華は曲がりなりにも私の妃で、夜の寝所に呼ばれたのだから、周りがその準備をするのは当然だ。……気にするな」

「あぁ、よかったぁ」

紅華は安堵した。なまめかしい格好をして彼を待っていたことを劉月が変な風に思わないでくれたのがありがたかった。

「こんな格好をさせられて劉月が変に思ったらどうしようって心配していたの……。皆いくら言っても聞いてくれなかったのよ。劉月が私をここで休ませてくれたのは寵愛するためなんかじゃないって……きゃっ！」

でもそこで、劉月に抱き上げられて声をあげる。目を白黒させているうちに、皇帝用の広い寝台の上に運ばれて、横たえられてしまった。

「……え？」

視線を上げると自分を囲い込むように手をついている劉月と目が合った。

「劉月……？」

「確かに」

劉月が小さく咳払いをしてから口を開いた。

「皇帝と春燕妃という偽りの夫婦の間で、寵愛などはありえない。……けれど、紅華、俺とお前は将来を誓い合った仲だろう？」

その問いかけに、紅華はこくんと頷くと、劉月はまた口を開く。

「だから……」

そこで言葉を切って、なにかを期待するような眼差しで紅華を見た。

「だから……、えーと」

それに答えようと紅華は一生懸命に考える。けれどその先は残念ながらまったく見当がつかなかった。

確かに紅華と劉月は将来を約束した。でもだからといって、それがなんだというのだろう?

数ヶ月前まで世間から隔離された世界にいて、男女のあれこれは本当になにも知らない紅華は、将来を誓い合ったことと、今のこの状況がどうつながるのか、さっぱりわからなかった。そもそも紅華は〝寵愛される〟というのがどういうことなのかも具体的には知らない。

「だから……えーと、うぅ、ごめんなさい、劉月。あなたの言いたいこと、よくわからない。そもそも、寵愛って……なに?」

紅華からの問いかけに、劉月が驚いたように目を開きそのまま瞬きをしている。そしてしばらく考えてからふぅーと大きくため息をついた。

「ご、ごめんなさいっ!」

落胆したような彼の様子に紅華は慌てて謝った。そしてしょんぼりとしてしまう。あまりになにも知らなさすぎて、彼をがっかりさせてしまったのだろうと思ったからだ。

ところが意外なことに、劉月はくっくと肩を揺らして笑いだした。

「いや、謝る必要はない。だが……くくく」

「あのー、劉月？」

意外な彼の反応に、紅華は首を傾げて問いかけた。

「いや、気にするな。そうだな、紅華は知らなくて当然だ。ずっと寺にいたんだから」

気にするなという言葉に紅華は一応安堵する。でもどこか馬鹿にされたようにも感じられて、笑い続ける劉月を睨んだ。

なにもそんなに笑わなくてもいいじゃないか。

「もうっ劉月ったら……。確かに劉月の言いたいことがわからなくて申し訳ないとは思うけど、私は村で育ったから、知らないことも多いのよ。寵愛がそんなに大切なことなんだったら劉月が教えてくれたらよかったのに。……だいたい雨雨も、雨雨よ。ふた言めには『寵愛、寵愛』って言うくせに肝心の中身をまったく教えてくれなかったんだから……」

口を尖らせてぶつぶつと言う。

「確かに俺は教えなかったな、くくく」

紅華の言葉に同意しながらも笑い続ける劉月に、紅華は頬を膨らませる。

「もうっ！　劉月ったら！」

劉月が笑いながら、紅華の頬をつついた。

「悪い悪い、笑ったりして。機嫌を直せ、紅華」

そして大きな手で紅華の頬を優しく包み、紅華にわかるように説明した。

「寵愛とは、皇帝が妃を愛し大切にすることだ。昼間の政務が終わったら皇帝は妃の部屋へ会いに行く」

紅華はこくんと頷いた。そこまでは紅華も今まで見聞きした中でだいたい想像がついている。問題は、その夜の部屋でなにが行われるか、ということなのだが……。

小さく首を傾げると、劉月の漆黒の眼差しがゆっくりと近づいて、柔らかくふたりの唇が重なった。

その途端、紅華の胸に温かくて幸せな気持ちが広がってゆく。彼を好きだという想いで頭の中がいっぱいになった。

「……つまりはこういうことだな」

ゆっくりと離れる劉月の唇を、紅華はぼんやりと見つめていた。

寺の裏庭で将来を誓い合った時もこうして唇を交わした。あの時はなぜそうするのかわからなかったけれど、やっぱり今と同じように幸せな気持ちになったのだ。愛されていることをこれ以上ないくらいに感じられる、これが寵愛だというのは納得だった。

「口づけだ」

劉月が言う。

「口づけ……」

紅華は呟いた。

「つまり、皇帝陛下が夜部屋に来てくださって、口づけをする。それが寵愛を受けるということなのね」

教えてもらったことを、おさらいをするように繰り返して納得する。寺で書き取りをしていた時も、父の邸で教育を受けていた時も、一度教えてもらったことをすぐに覚えられたわけではない。何度かおさらいをすることで頭に入れられた。これはそう難しいことではなさそうだ。

「しっかりと覚えたわ、劉月」

少し得意になって紅華は言う。紅華の文字がだんだん上手になってゆくのを喜んでくれた彼ならば褒めてくれるだろうと思ったのだ。

ところがなぜか劉月は、微妙な表情になって紅華から目を逸らした。

「いや、まぁ、それだけじゃないのだが。……とはいっても、いきなり全部は無理だろうし……」

難しい顔をしてなにやらぶつぶつ言っている。まだ続きがあるのかと思い、紅華は彼の袖を引いて訴えた。

「劉月、まだなにかあるのならちゃんと教えてくれなきゃわからないわ」

すると劉月は彼にしては珍しく、まるで言い訳をするようにもごもごと言う。

「それはそうかもしれないが、紅華はまだ体調が整っていないし……」

その少し意外な言葉の内容に、紅華は驚いて声をあげた。

「体調が……ということは、寵愛って体力がいることなのね！」

ごふっとむせて、ごほごほと咳き込んでいる劉月を横目に、紅華は考えを巡らせる。

寵愛を受けるというのがどういうことかは不明だが、体力が必要だというならば、確かに今夜は無理かもしれない。なにせ紅華は今朝貧血で倒れたばかりなのだ。劉月と再会して心の憂いは晴れたから昼食はしっかり食べたけれど、夜は早く寝るようにと薬師には言われている。

「寵愛を受けるって大変なのね、劉月」

思ってもみなかった事実に唖然としてそう言うと、彼は「まぁそうかもしれないな……」とため息をついて呟いた。

「劉月？」

「いや、なんでもない。とにかく急ぐことではないから紅華が知るのは、おいおいでいい。だから今夜はもう寝るんだ」

その言葉に紅華は素直に頷いて、彼に促されて寝台の中に潜り込む。すると劉月が紅華の隣に入ってきた。そのことに紅華の胸はドキドキと高鳴った。男性と同じ寝台で休むのは紅華にとってははじめてのことだ。

とはいえなにもかも解決して安心したらどっと疲れを感じて、目を閉じたらすぐにでも眠ってしまいそうだった。

でもそこで少し考えて、照明を落とそうとする劉月を止める。

「ねえ、劉月」

劉月が振り返った。

「私、本当になにも知らないのね。寵愛のこともそうだけど、後宮のことも国のこともなにもかも知らないことだらけだわ」

紅華は少し前に茶宴に出た時のことを思い出していた。それまで紅華は、自分の父が国の中でどういう立ち位置なのかということも知らなかった。

劉月が眉を寄せて口を開いた。

「紅華、それは仕方がないだろう。お前は少し前まで……」

「村にいた、でしょう？　そうよ、お寺からほとんど出してもらえなかったんだもの、知らなくて当然だわ。でもこれからはそれじゃだめなんじゃないかしら」

「紅華？」

優雅に見える歩き方や茶の作法など、貴族の娘としての教育は父の邸でひと通り受けた。でもそれだけでは足りないのでは?と紅華は感じていた。

もちろんだからといって彼に言うべきことではないのかもしれない。でも一度口にしたら止まらなくなってしまって、紅華は言葉を続けた。

「だって私、劉月の奥方様になるんだもの。劉月は皇帝陛下じゃない。皇帝陛下の奥方ってどういうものなのかそれすら私よく知らないけれど、少なくとも国のことは知っている必要があるんじゃないかしら。お寺で育ったからってなにも知らないなんて許されないわ」

紅華の言葉に、劉月が眉を寄せて瞬きをする。そして「妃が、国のことを……?」と呟いて黙り込んだ。

その険しい表情に紅華は急に不安になる。やはり、なぜそんなことを自分に言うのだと思われてしまったのだろう。頬を染めてうつむいた。

「劉月、あの、ごめんなさい。こんなこと言われても困るよね。私、ちゃんと自分で勉強し……」

「いや、そうじゃない」

紅華の言葉を遮って、劉月が首を横に振る。そして紅華をジッと見つめた。

「紅華は知りたいと思うのか? ……国のことを」

彼からの問いかけに、紅華は即座に頷いた。

「知りたいわ。なにを知らないのかもわからないけれど、とにかくできるだけたくさんのことを知りたい。劉月、私に教えてくれる？」

まだ寺にいた頃に劉月が持ってきてくれた、たくさんの本。それを紅華は毎晩こっそり部屋を抜け出して、月明かりのもとで読んだ。そこで知り得たのは本当に少しの知識だけれど、新しいことを知る喜びはなにものにも代えがたいものだった。

思いを込めて彼を見つめると、劉月が嬉しそうに頷いた。

「ああ、わかった。俺が教えてやる。国のこと。それ以外のことも」

「嬉しい！　ありがとう劉月」

紅華は目を輝かせる。新しい扉が目の前で開いたような心地がした。わくわくして、もう今からでも筆と紙を持ってきて教わりたいくらいだった。学問には体力はいらないから……。

でもそんな紅華の心の中は劉月にはお見通しのようだ。寝台から起き上がりかける紅華を止めて優しく布団をかけると、大きな手で頭を撫でた。

「だが今日はもう寝るんだ。明日からは毎日会えるのだから、時間はたっぷりあるからな。それから俺がいない間にも紅華が学べるようにいい師を見つけてやろう」

「嬉しい……」

呟いて目を閉じるとすぐに心地いい眠気に襲われる。明日からの日々が楽しみで仕方がなかった。

その夜、紅華は寺を出てからはじめて心の底から安心して眠りにつくことができた。

「今宵は、春燕妃の部屋へゆく」

朝の謁見後、黄燗流からのお尋ねに劉月は迷うことなくそう返す。その言葉に、燗流がもの言いたげに口を歪めた。

なにか文句でもあるのかと劉月が彼を睨むと「かしこまりました」と言って下がっていく。劉月が即位して以来、この時間がこんなにもすんなりと終わったのははじめてのことだった。

「よかったですね。収まるところに収まって」

劉月の隣で秀明がやれやれというように息を吐く。

劉月はそれに答えなかった。とてもそうは思えなかったからだ。

とりあえず行方不明だった紅華が見つかって、そばにいられることには安堵したが、本当なら劉月は彼女を後宮に入れずに自分の宮へ迎えるつもりだったのだ。だが彼女が楊春燕として後宮にいる以上、そうするわけにはいかない。

とはいえ、たくさんの妃がいる後宮で、ひとりの妃のもとだけに皇帝が通うと、いらぬ軋轢《あつれき》を生むことは目に見えている。早急に彼女を取り巻く複雑な事情を解決するか、後宮を解散させる必要があるだろう。

「おや、お疲れでございますか？　劉月様。昨夜は天女様との久しぶりの再会でしたから無理もないのかもしれませんが」

黙り込んだ劉月をどう思ったのか、秀明がそんなことを口にする。劉月はその意味深な視線から、咳払いをして目を逸らした。

「劉月様の後継ぎ問題が片付く日もそう遠くはなさそうですね」

そう言って秀明はやや大袈裟に胸を撫で下ろしている。劉月は彼に気づかれないようにため息をついた。

正直なところそれについて、すぐに片付くとは思えなかった。昨夜はふたり、ゆっくりと話をして互いの想いを確かめ合った。絆《きずな》は深まったといえるだろうが、跡継ぎ問題解決への道のりは……まだまだ長そうだ。

でもそこまで考えて、劉月は別のことに思い当たる。そして秀明に向かって口を開いた。

「秀明、紅華に老師をつけたいんだ。よさそうな人物を探してくれないか」

「……老師ですか？　老師なら後宮にもおりますがそれらの者では不足が？」

秀明が首を傾げた。

後宮には妃に礼儀作法や立ち居振る舞い、茶の淹《い》れ方など指導する老師がいる。今彼が言ったのはそういう者たちだ。

劉月は首を横に振った。

「いや、作法の老師ではなくて学問の老師だ。差し当たって必要なのは、そうだな、歴史と算術だ」

「はぁ……お妃様に算術……ですか」

釈然としない様子の秀明に、劉月は「紅華がそれを望んでいる」と付け足した。とはいえ秀明のこの反応は納得だった。そもそもこの国では女性が学問をすること自体があまりない。民が通う学問所でも男女が共に机を並べるのは、せいぜい十歳くらいまでだ。

皇帝の妃とあらばなおさらだった。

古くからの慣習では、後宮の妃が身につけるべきとされているのは、他の妃よりも皇帝に愛されるための振る舞い方である。紅華にそんなものは必要ないが、だからといって学問をするというのは、秀明には信じがたい話なのだろう。

それは昨夜紅華から〝もっといろいろなことを知りたい〟と言われた時の劉月も同じだった。劉月は紅華にただそばにいてくれればいいと願っていたからだ。

彼女と共に在るだけで、皇帝という重圧を担う上でどれほどの助けになるだろう。今までだって遠く離れていても彼女の存在は劉月の心の支えだった。

だが彼女は、それではだめだと言ったのだ。皇帝の妻ならば国のことを知らねばならないと。

もちろんそれは伝統的な皇帝の妃のあり方を彼女が知らないがゆえの言葉だ。でもその彼女の意見に劉月はハッとさせられて、新しい皇后の姿を思い描いたのだ。

この国では皇后は政治には関われない。でも産んだ子が皇帝となれば、国母として権力を欲しいままにできるため、国に禍《わざわい》を成した皇后は歴史上少なくない。すべては民を思う気持ちが欠落していたからだ。

一方で、紅華は村の慎ましい暮らしを知っている。

毎年の収穫に、感謝する心も持っている。

その彼女が国のことを学び知識を得れば、皇帝と肩を並べ民を思う、歴代にない理想的な皇后となるのではないだろうか。

「お妃様の老師とあらばめったな人物に頼むわけにはいきませんね。うーん。では、あなた様と私が教えを受けた老師様にお願いしてみましょうか。もうずいぶんとお年を召されておられますし、今は国の端にいらっしゃいますのですぐにというわけには参りませんが」

釈然としない表情のまま秀明が言う。

「そうしてくれ、それまでは俺が教える」

劉月は頷いた。

皇后の件はともかく、彼女がやりたいと思うことを好きなだけやらせてやりたいと思う。今までやりたくてもできなかったことを。

まずは、学問。それから……と、劉月が考えを巡らせていると。

「天子様」

遠慮がちに声をかけられて、そちらを見ると燗流が入口に立っている。どうやら戻ってきたようだ。

劉月は彼に問いかけた。

「なんだ？」

「大切なことをお尋ねするのを忘れておりました。春燕妃様への贈り物はいかがいたしましょう」

その問いかけに、劉月はしばらく考える。そういえばそういう習慣があったと思い出した。はじめて皇帝の寵愛を受けた妃には、皇帝から特別な物が贈られるのだ。たいていは豪華な衣装や宝玉、中には離宮を建ててやったなどという信じられない話もある。

「春燕妃様は、少しお衣装が地味でいらっしゃいますから衣装を贈られてはいかがでしょう」

紅華への嫌みが混ざる燗流の助言を聞きながら劉月は考え込んだ。

「よろしければ私が、適当に見繕いましょう」

燗流が言う。これも昔から後宮長の役割で彼に任せておけば、そう大きく間違うことはない。

だが他の妃への贈り物ならばともかくとして、紅華の場合は……。

彼女が望むものが衣装や宝玉でないのは確かだろう。学問をしたいという望みはこれから長い時間をかけて叶えてやりたいと思う。そのための教本や紙束は惜しみなく与えると決めている。

ではそれ以外に、彼女が喜びそうなものは……と考えて、劉月はあることに思い当たり、顔を上げた。

「燗流、春燕妃への贈り物は……」

四章　寵愛の日々

ふたりが再会した次の日から、毎日夜になると劉月が紅華の部屋を訪れるようになった。初日にふたりが劉月の寝所で過ごしたのは、紅華が倒れたという非常事態であったがゆえのことのようだ。

そして紅華の後宮での生活は一変した。

「妃様、また学問ですか？」

昼下がり、おやつもお茶もそこそこに机の上で書物を広げる紅華に、雨雨が呆れたような声を出す。

「ええ、そうよ」

紅華は頷いて墨《すみ》をすった。

毎夜部屋に来る劉月はたくさんのことを紅華に教えてくれる。天軸國の文化、歴史、自然、それから算術。彼は厳しくもよき師であり、紅華はよき弟子だ。もう毎日が楽しくてたまらなかった。

まだ劉月以外の老師は決まっていないから、新しいことを習うのは夜だけなのだが、彼は毎日課題を出して帰ってゆく。それを次の日の夜までに仕上げなくてはならないから、呑気にお茶などしている暇は紅華にはない。

今日は少し苦手な算術の問題に取り組もうと思っていた。

「そのように書物ばかりお読みになっては、目が悪くなってしまいます」

雨雨が小言を言って、眉を寄せた。

「妃様は、今や天子様のご寵愛を欲しいままにされているご寵姫様なのです。もっと身綺麗になさいませ！」

普通、寵愛を受けている妃は朝から晩まで身体の手入れに忙しい。湯に浸かったり爪を染めたりやることは山ほどある。しかもそれは後宮の妃にとって名誉なことだと見なされているというのに、それを一切せずに書物ばかり読んでいる紅華が、雨雨は歯がゆいのだろう。

でも紅華にはそんなことはどうでもよかった。とにかくやりたいことがたくさんあって、いくら時間があっても足りないと感じるくらいなのだから。

「天子様は私はこのままでいいって仰ったわ。それに毎日天子様がいらっしゃる前に湯浴みはするじゃない。それで十分よ」

書物から目を離すこともなくうわの空で答える紅華に、雨雨がため息をついた。

「まったく……天子様のご寵愛が深すぎるのも困ったものですわね。甘やかさないようにしていただきたいものです」

雨雨がぷりぷりしてそう言った時、入口に吊るしてある鳥籠《とりかご》の鳥がグワグワと鳴いた。雨雨は振り返り、「ああ、びっくりした！」と声をあげる。

紅華は、筆を置いて鳥籠に歩み寄り、「どうしたの？　楽楽《ルールー》」と話しかけた。

この鳥は、南天よりももっと暖かい地方に生息しているオウムという種類だ。まるで空の色のような青と黄色、それから赤の美しい羽、賢い頭を持っている。

劉月からの贈り物だった。

天軸國の後宮では皇帝からはじめて寵愛を受けた妃は、特別な贈り物を賜わる習慣があるようで、紅華にも再会から数日後、贈り物として届けられたのだ。

以前村で会っていた頃、紅華が劉月からもらった書物を見せて、綺麗な鳥を飼ってみたいと言っていたのを彼は覚えていてくれた。夢が叶って紅華は有頂天だった。

通常は美しい衣装や宝玉が贈られるものなので、楽楽が届いた時は雨雨や他の女官、それからこっそり見に来た妃たちも皆驚き呆れていたが、まったく気にならなかった。

自ら楽楽と名づけ、まめまめしく世話をしている。

「お腹空いた？」

首を傾げて尋ねると、楽楽は扉に向かってグワーグワーと鳴いている。すると扉が叩かれて、黄燗流が現れた。

「あぁ、来客を教えてくれたのね！　賢いわ、ありがとう！」

鳥籠の隙間から指を入れて頬を撫でてやると、楽楽は気持ちよさそうに目を閉じた。

そんな紅華を忌々《いまいま》しそうに見て、燗流が頭を下げた。

「ごきげん麗しゅう。春燕妃様」

紅華は義務的に微笑んだ。

「こんにちは、燗流様」

後宮内での位置付けは、妃は後宮長に従うべきとされている。だがそもそも彼の妃に対する態度にはムラがあって、それこそ皇后候補の凛麗には召使いのように接している。一方で紅華に対してはいつまでも高飛車な態度で、こうやって部屋に来る時はたいてい小言を言われるのだ。

「あの――……、なにか？」

少し身構えながら問いかけると、燗流が恭しく告げた。

「明日開かれる茶宴のご案内で参りました」

それを聞いて紅華の心が重くなった。はじめて出席した茶宴の苦い思い出が蘇《よみがえ》り、思わず否定的な言葉が口をついて出た。

「どうしても出席しなくてはいけませんか」

「もちろんでございます」

燗流がじろりと紅華を見た。

「春燕妃様は、後宮で唯一のご寵姫様です。即位からひと月、一度もお渡りがなかった天子様を一目で射止めておしまいになりました。皆様その秘訣《ひけつ》を知りたがっておられますよ。ぜひ、他のお妃様方にもご伝授くださいませ」

秘訣もなにもたまたま顔見知りだっただけだ。茶宴で聞かれてもなにも言えることなどない。けれどその理由を口にするわけにもいかず紅華はごにょごにょと言う。

「私が皆様に伝授することなんてなにもありません……」

当然それで燗流が許してくれるはずがなかった。

「春燕妃様、これは遊びのお誘いではありません！　ご寵姫様の義務なのですよ」

義務とまで言われては、逆らうことなどできるはずがなく、紅華はため息をついて
「わかりました」と承諾した。

楽楽がバタバタと少し乱暴に羽をはためかせて、燗流に向かってグワーと鳴いた。

茶宴は以前と同じ牡丹の間で開かれた。

紅華は朝から気合い十分の雨雨にどやされて、書物を広げる間もなく茶宴のための準備をさせられた。

「妃様は天子様の唯一のご寵姫様なのです。誰よりも美しくなさいませんと！」

どこからともなく現れたあのふくよかな女官と共に紅華を徹底的に飾り立てたので、茶宴が始まる頃には紅華はすでにクタクタだった。

そうして足を踏み入れた牡丹の間にて。

「春燕妃様、ごきげんよう」

「こんにちは、春燕妃様」

「まぁ、今日も素敵な御髪《おぐし》ですこと」

緩やかな雅楽が流れる中、紅華はすぐにたくさんの妃たちに取り囲まれてしまう。新入りとして出席した前回とはずいぶん違う扱いだ。なにせあちこちから話しかけられて、自分の席へ辿り着くのもままならないくらいなのだから。

あたふたとしていると、頃合いを見計らって燗流が割って入った。

「春燕妃様、お席の準備ができてございます。こちらへどうぞ」

案内されたのは前回のような末席ではなく、皇后の席に座る凛麗の隣、皇貴妃の席だった。

「まぁ、春燕妃様が一番ご寵愛を受けていらっしゃるのに、凛麗妃様が皇后様の席ですの？」

「あらでもご寵愛と皇后様とはまた別じゃありませんこと？　……だって、春燕妃様のお父上様はねぇ……」

「どちらにしても、羨ましいわぁ……」

席順を巡って妃たちが口々に好き勝手なことを言うのを横目に、紅華は皇貴妃の席へと歩みを進める。

凛麗はすでに席についていて悠然と微笑んでいた。

「春燕妃様、ごきげんよう」

「……ごきげんよう、凛麗妃様」

紅華は戸惑いながら挨拶をした。

桃色の頬と花が咲くような笑みは、以前とまったく変わらない。

老子院の議長を父に持ち、劉月とも幼なじみで皇后に一番近い立場と言われている凛麗。しかも彼女はその家柄と年齢から、劉月が一の皇子になった頃から皇后になるための教育を受けてきたという。ならば、先に紅華が寵愛を受けたことを、内心苦々しく思っていてもおかしくはない。それなのにそんな気配は微塵《みじん》も感じられなかった。

大国の皇帝の隣に立つ皇后とは、ただ寵愛を受けるだけではなく、このようにいつなんどきも堂々としていられる器量がなくてはならないのかもしれない。

「皆様ごきげんよう。本日は春燕妃様がご出席くださいました」

歌うように凛麗が皆に語りかけ、茶宴が始まった。

「春燕妃様、嬉しいですわ、お話できて。私も皆様も春燕妃様とお話ししたくて仕方がありませんでしたのよ。春燕妃様は、たいてい部屋から出てこられないでしょう？ですから後宮長様にお願いしてこのような茶宴を設けさせていただきました。お許しくださいませ」

凛麗の言葉に紅華は曖昧に頷いた。

後宮の妃たちは、中庭で語らったり贈り物を贈り合ったり、互いに交流を持つのをよしとされている。けれど紅華はそれをしないで部屋で書物ばかり読んでいる。なんだかそれを咎められたような気分になった。

「こちらこそ、申し訳ありません」

もごもごと謝ると、凛麗が扇で口元を覆い優雅に微笑んだ。

そこへ。

「春燕妃様にお伺いしたいですわ。天子様ってどのようなお方ですの？」

凛麗と一緒にいることが多い妃のひとり、紫水《シースー》が好奇心を抑えられないというように身を乗り出して、大きな声で紅華に尋ねる。

突然の問いかけに紅華は少し面食らって目をパチパチさせた。

「え、……あ、あの……」

けれどそれに紅華が答えるより先に他の妃からも声があがる。

「龍玉の間で天子様に触れられた時、どのように感じられました？」

質問をした妃を見て紅華は今度は真っ赤になってしまう。そういえば今の今まで忘れていたが、龍玉の間での失態はここにいるすべての人に見られていたのだ。とにかく謝らなくてはと、口を開く。

「あ、あの……」

ところがまた別のところから質問が飛ぶ。

「天子様はやっぱり、その紅い御髪がお気に召したのかしら？」

「あれから天子様の寝所へ行かれたって本当？」

「本当のところ、倒れられたのはわざとですわよね？」

堰を切ったような質問の集中砲火に、紅華はもうお手上げだ。誰からの質問にどう答えてよいやらさっぱりわからなかった。

「皆様、皆様、そのように一度に質問されては春燕妃様が困っていらっしゃるわ」

凛麗がくすくすと笑いながら愛らしい声で紅華に助け船を出してくれる。騒がしかった牡丹の間は一瞬静まり返った。

まったくまとまりがないように見える妃たちだが、好き放題騒いでいるわけではなく、たいていは凛麗の言葉に従う。皇后候補であり、有力部族出身の彼女は後宮《ここ》のまとめ役なのだ。

ところが。

「あらぁ、でも皆さんがお知りになりたい話じゃありませんこと？」

今日はいつも違い、その沈黙を破る者がいた。

「ご興味がないなら凛麗妃様は黙っててくださいな」

前回、紅華に父のことで嫌みを言ったきつい目の妃が部屋の遠くから凛麗を睨む。

凛麗が口元の扇をパチンと鳴らした。

「普段の天子様のお姿を拝見したことがあるのは、幼なじみの凛麗妃様と、ご寵愛を受けた春燕妃様だけなのです。私たちはいつもなんとか天子様とお近づきになりたいと思って凛麗妃様にお尋ねするけれど、はぐらかされてばかりですわ。ですからこうして春燕妃様にいろいろお尋ねしてるのです」

そこで彼女はにっこりと紅華に笑いかけた。

「春燕妃様、私もぜひお伺いしたいわ、おふたりだけの時の天子様はどのような方なのかしら？」

前回の茶宴で紅華に嫌みを言ったことは、なかったことになっているようである。

紅華の後ろで控えている女官同士が囁き合う。

「まぁ、胡蝶《こちょう》妃様が凛麗妃様に口答えするなんて、どういうおつもりかしら」

「驚きね。でも確かに皇后様に一番近いと言われている凛麗妃様だけれど、ご寵愛がなければ……ね、今のうちに春燕妃様に媚《こ》びを売っておこうってところじゃないかしら？」

後宮の実質的な支配者は皇后である。その支配者に睨まれては生きていけないのが後宮《ここ》の不文律で、古来から後宮で皇后と対立した妃が悲惨な末路を辿ったという話は腐るほどあった。

今の後宮ではまだ皇后の座は決まっていないけれど、実家の力が弱く寵もない妃たちが、もっとも皇后に近い凛麗に取り入ろうとするのはある意味自然なことだろう。そのせいか後宮内では凛麗の陰口のようなものを耳にすることはあっても、面と向かって盾突く者は今までいなかった。

けれど皆の予想に反して番狂わせのように紅華が寵愛を受けたことで、少し風向きが変わったようだ。凛麗に言葉を返した胡蝶に、何人かの妃が同意するように頷いている。そして期待するような視線を紅華に送った。

居心地の悪い空気が牡丹の間を支配した。

前回のように新入りとして出席しただけならいざ知らず、形だけでも寵愛を受けた今はこのような鞘当ても関係ないでは済まされないのだろう。

皆が、紅華の出方を見守っている。

春燕は、凛麗と対立するのか、しないのか。それとも……？

そんな視線をひしひしと感じながら紅華は震える唇を開いた。

「て、天子様は、み、皆様もご存じの通り、とても慈悲深くご立派な方です……」

当たり障りのないことだけを口にして紅華は口を噤む。できれば誰とも対立はしたくはない、紅華の精いっぱいの言葉だった。

恐る恐る凛麗に視線を送ると、それでいいというように微笑んでいる。そして胡蝶に向かって口を開いた。

「胡蝶妃様には申し訳ありませんが、天子様の普段のお姿をみだりに口にするのは控えるべきなのです。私たちは皆天子様にお仕えする大切なお役目を担っているのですから」

凛麗の言い分に、今度はさっきと違う何人かの妃が神妙な表情で頷いている。

胡蝶が唇を噛んで紅華を睨んだ。

「凛麗妃様の仰る通りですわ」

心の底から感心したように声をあげたのは紫水だった。

「私たちがお仕えしている方はなんといっても天子様なのですから、普段のお姿など軽々しく口にするのは慎むべき……いえ、慎むようにいたします。とはいえ、私など軽々しく口にするようなことを知ることもないのかもしれませんが……ふふふ」

少しおどけて軽快に笑う彼女の様子に張り詰めていた場の空気が少し和む。

凛麗も扇の下でくすくすと笑っている。

胡蝶はそっぽを向いたが、それ以上はなにも言わなかった。

「いくじなし」

茶宴が終わり牡丹の間を辞する際、胡蝶の席の後ろを通った紅華の耳に胡蝶の呟きが届く。振り返ると、胡蝶は素知らぬふりで隣の妃と談笑している。

紅華は唇を噛んでその場を離れた。

誰かと対立するのは本意ではないが、この後宮内でまがりなりにも劉月の寵愛を受ける限りそれは難しいことなのかもしれない。けれどたくさんの妃の思惑が渦巻く後宮で、どのように振る舞うのが正解なのか、さっぱりわからなかった。

なにせ、数ヶ月前まで人とほとんど会わない生活をしていて、友人といえる人もなく喧嘩すらまともにしたことがないのだから。

これればかりは劉月に教わるわけにもいかないと、紅華は暗澹《あんたん》たる思いを引きずったまま自分の部屋を目指した。

紅華の部屋は後宮の中心からはやや離れた奥まった場所にある。陽当たりも間取りもよくないと雨雨は言うけれど、寺にいた頃の部屋と比べると雲泥《うんでい》の差で、紅華自身に不満はない。ひとつだけ欠点があるとすれば、後宮の奥にあるがゆえ、劉月が紅華のところへ来るためには、ほとんどの妃の部屋の前を通らなくてはならないところだろう。必然的に劉月が紅華の部屋に毎夜来ていることが知れ渡り、今日の茶宴のような無用な争いを生む。

「春燕妃様」

呼び止められて、紅華は振り向く。

凛麗と紫水、それから凛麗と親しい妃が何人か立っていた。

「凛麗妃様……」

紅華は反射的に身構えた。もしかしたら茶宴での振る舞いになにかよくないところがあったのではと不安になったからだ。

けれどどうやらそうではないようで、凛麗は紅華に向かって頭を下げた。

「本日は、ありがとうございました」

「あ、あの……？」

「胡蝶妃様のことですわ」

紫水が凛麗の後ろから説明した。

「春燕妃様は、胡蝶妃様と凛麗妃様が争いにならぬようお答えくださいました」

無難な紅華の答えに対する言葉らしい。紅華は「いえ」と呟いて頷いた。

それに笑みで返してから、紫水は目を吊り上げた。

「それにしても、胡蝶妃様ったら。凛麗妃様に盾突くなどあってはならないことですのに。本当に野蛮な方……」

紫水が憤懣《ふんまん》やる方ないというように言う。さっきはおどけてみせた彼女だが、胡蝶の振る舞いには憤りを感じていたようだ。

「紫水妃様、そのように言うものではありません」

それをぴしゃりと諫《いさ》めて、凜麗は紅華を見る。そして紅梅色の唇を開いた。

「私、ここではどちらの方ともよい関係でありたいと思っておりますの。天子様をお支えするのが使命である私たちは、志《こころざし》を同じくする同志なのですから。それでも時々、今日のように争い事の種を蒔《ま》く方がいらっしゃるのも事実です」

そこまで言って凜麗は困ったように細い眉を寄せた。

「ここでは少し目立つ存在の春燕妃様と私ですから、その仲を裂こうとよからぬことを考える者が出てくるのです」

紅華は無言で頷いた。

実際、さっきの茶宴での紅華の言動如何《いかん》では、凜麗と対抗する派閥のまとめ役に祭り上げられていただろう。

「ですが、春燕妃様にそのお気持ちがないようで安心いたしました」

凜麗が、椿の花のような紅い色で縁取られた目で紅華をジッと見つめる。ぞわぞわとした得体の知れないなにかが紅華の背中を辿った。

「ぜひともそのままで、いつまでも仲良くいたしましょう」

それだけ言って微笑むと、ひらひらと透ける袖をなびかせて廊下を滑るように去っていく。他の妃も「ごきげんよう」と口にして後に続いた。

彼女が好んで使っている花の香の匂いだけが紅華に絡みつくようにまとわりついて、

いつまでも離れなかった。

「我が娘がお気に召したようですな」

朱玉の間へと続く回廊で、劉月は声をかけられて足を止める。振り返ると楊高曹が立っていた。

通常なら臣下が宮廷内にて皇帝と行き交う時は、道を譲り平伏して過ぎるのを待つ。その際、皇帝から声がかからなければ臣下は顔を上げてはならないという掟《おきて》がある。それなのに恐れることなく軽々しく声をかけるところに、高曹の劉月に対する姿勢が表れている。だがそれを劉月は咎めることはしなかった。

「高曹殿、挨拶が遅れて申し訳ない」

本当のところ、紅華を春燕と偽って後宮へ送り込んだこの男については処遇をどうするべきか決めかねていた。

劉月が一の皇子となってから現在に至るまで、楊高曹はいつも目の上のたんこぶのような存在だった。その高曹を娘の出生を偽った罪で処罰するのは簡単だが、そうなると紅華の連座は避けられない。それどころか、これから先彼が自分に刃《やいば》を向けることがあれば、そのたびに紅華の立場が危うくなるのだ。

未だかつてないほどに、劉月は高曹の動向に神経を尖らせていた。後宮の妃は人質と言うけれど、これでは劉月が紅華を人質に取られているような気分だった。

「いやいや。無作法で田舎者の娘ですが、お気に召したならよろしい。可愛がっていただければ幸い」

嵐の訪れか強い風が回廊を吹き抜けて、楊高曹の紅い色の髪が風になびく。

劉月は紅華と同じ色のその髪を不思議な気持ちで見つめていた。

「そなたは私を春燕妃の婿《むこ》として認めてくれるか」

劉月の試すような問いかけに、高曹は声をあげて笑った。

「これはこれは。私などがあなた様を認めるなど恐れ多い話でございます。私の娘など如何様《いかよう》にしていただいて結構でございます。あなた様はこの天軸國の天子様ですゆえ」

楊高曹は不敵に笑って自身の顎を撫でた。

「とはいえ、アレは美しいでございましょう？　アレの母親も美しい女でした」

紅華を物のように言う高曹に劉月は不快感を覚える。だが態度には出さなかった。

「確かに彼女は美しい。だがそれは見た目だけの話ではない。彼女の心に私は惹かれたのだ」

本心からそう言うと、高曹はまた声をあげて笑う。乾いた笑い声が回廊に響き渡る。

「ですが天子様」

高曹が濁った目で劉月を見た。

「見た目は美しくとも、田舎者は田舎者。飽きたらいつでも始末してくださって結構にございますよ」

その言葉に、劉月は目を見開く。実の娘に対する言葉としては、冷酷すぎる内容だ。

高曹が礼をして、皇帝の返事も聞かず踵を返す。その背中に劉月は声をかけた。

「待て。高曹」

高曹が立ち止まった。

「そなたは、老子院への復帰を断ったそうだな」

劉月が一の皇子としてその地位を確立しつつあった頃、来儀派の弱体に伴い来儀派の派閥の者は粛清《しゅくせい》された。その時に老子院から外れた高曹だったが、劉月が紅華を寵愛している功績を受けて、再び復帰させるべきとの動きがあったのだ。

劉月としては後宮のことと政《まつりごと》は別にしたい気持ちはあるが、それによって高曹が軟化するのであれば紅華の安全のためにもそれがいいと了承した。が、彼はそれを断った。

「私は老いた身でございます。表舞台にはもはや立てますまい。……天子様」

高曹が吹き抜けの廊下から望める、都の街並みに視線を送った。

「老いた私めが望むのは、この天軸國があるべき姿にあること。ただそれのみです」

それだけ言うと今度こそ去っていく。不穏なものが漂うその背中を、劉月は黙って見送った。

「本当に、食えないお方にございます」

高曹の姿が見えなくなるのを見計らって、ずっと隣に控えていた秀明が口を開く。

劉月は無言で指示を出し、秀月以外の従者を下がらせた。高曹に関する話は、誰にも聞かれたくない。

「戦線布告か」

劉月は呟いた。

高曹は紅華を〝始末していい〟と言った。人質として後宮にいるが、その価値はこれっぽっちもないことを劉月に宣言したのだ。

老子院復帰を拒むのは劉月に与するつもりはないからだろう。

「どうしても劉月様を認めたくないのでしょう」

秀明の言葉に劉月は頷く。

皇帝という立場にいる以上、周りすべてが味方だなどとは思っていない。政に陰の部分はつきものであるゆえ、自分に反対する勢力があることはある意味想定内だ。

だが楊高曹に関しては、紅華が後宮にいる今はもっとも対立したくない相手だ。

「秀明、高曹の動向に目を光らせてくれ」

そう言って劉月は朱玉の間へと歩きだした。

毎夜を紅華の寝所で過ごす劉月は夜が明ける頃、自分の宮へ帰っていく。

紅華は隣にある温もりが離れたのを感じて目を開けた。

「ん……。劉月？」

そこにいるはずの人の名を呼ぶと大きな手が紅華の頭を撫でた。

「疲れているだろう。起きなくていい」

耳元で囁かれる優しい声音についまた夢の世界へ行きたくなるが、寝ぼけ眼《まなこ》をこすって起き上がる。

薄暗い中、劉月はすでに身支度を整えていた。

艶やかな黒髪に少し寝癖がついている。逞しい大きな背中が愛おしくて、紅華は寝台から抜け出すとその髪に手を伸ばした。

「ん？」

気が付いた劉月が振り返ると、紅華はあっという間に彼の腕に抱き込まれた。

「珍しい、見送りの口づけか？」

からかうように劉月が言う。

口づけという言葉に少し動揺して、紅華は声をあげた。

「ち、違うわ！　髪が乱れていたから、直そうと思ったのよ」

劉月が眉を上げた。

「へぇ、俺の妃は少しは俺にも興味があったんだな。一番は楽楽で、二番は学問、俺はその次だと思っていた」

「そ、そんなこと……！」

ないとは言い切れなくて紅華は気まずい気持ちで劉月から目を逸らした。まったく見当外れの言葉とも言えないからだ。

今彼が言った通り、とにかく最近の紅華は楽楽に夢中で、暇さえあれば籠にへばりついて話しかけている。

オウムは綺麗なだけではなく、とても賢い。言葉を覚えれば、話をすることができるようになるからだ。

一方で学問の方も気合いが入っていて、劉月が持ってきてくれる教本をむさぼるように読んでいる。毎夜紅華の部屋を訪れる劉月に紅華が話すのは、たいていこのふたつのことばかりだった。

まずは今日楽楽がなにをしたか、どんな風に可愛いかったかを聞いてもらい、それから劉月から出された課題の中のわからなかった箇所を教えてもらう。そして最後に、新しいことを学ぶのだ。

はじめての夜に話をした、〝寵愛の続き〟については気になってはいるけれど、ついつい後回しにしているうちに疲れて眠ってしまう。結局紅華は、寵愛についてはまだなにも知らないままだった。

「ゆ、雨雨は、楽楽の話に飽き飽きしてるから、もうあまり聞いてくれないの。だから劉月に話してしまうのよ。そ、それに劉月がここにいられる時間は短いから、わからないことはなるべくたくさん聞いておきたいし……」

言い訳をしながら上目遣いに彼を見ると、劉月が目を細めた。

「……あのー、劉月。怒ってる？」

尋ねると、「いや」と言う。

「だが、俺の寵愛を受けることに紅華は興味がないのだということはよくわかった」

「ええ⁉　そんなことないんだけどな……」

紅華だってもちろん知りたい気持ちはある。ただ今は興味のあることが多すぎて、そちらまで頭が回らないだけなのだ。

「もちろん私、寵愛のことも知りたいと思ってるわ、劉月。本当よ」

そう主張するが、劉月は疑わしげに紅華を見下ろすだけだ。紅華は一生懸命考えを巡らせ、そしてある名案を思いついた。

「ねえ、劉月、教本はないのかしら？」

「そう！　寵愛について書かれた教本！　算術みたいに、やり方が書いてあって、老師様のお手本が載っているような教本があれば、劉月の時間を取られなくて済むんじゃないかしら？」

その紅華の思いつきに、劉月が「やり方……手本？」と呟いている。

紅華は期待を込めて彼を見つめた。

……すると。

「……教本？」

「教本か！」

突然劉月が噴き出して、そのまま肩を揺らして笑いだす。

「くくく、ははは！」

「え!?　なに？」

意外な彼の反応に紅華は目をパチパチさせた。

なにがおかしいのだろう？　寵愛だって大切なことなのだから、他の課目と同じように教本があってもよさそうだと思ったのだけれど……。

「寵愛の教本なんてないのね。劉月。変なこと言ってごめんなさい」

しょんぼりとしてそう言うと、大きな手が紅華の頭を優しく撫でた。

「いや、謝ることはないよ。紅華のやる気はよくわかった。でもそうだな、これについて紅華が読めそうな教本は残念ながらない。紅華は寵愛に興味がないなんて言って悪かったよ。紅華の気持ちはわかったから、とりあえず今は紅華の興味があることを優先させよう」

「本当に？　劉月はそれでもいいの？」

紅華のやりたいことを一番に考えてくれるという劉月に、ありがたいと思いつつそう尋ねると劉月が「ああ」と頷いた。

「俺たちはこれからずっと一緒なんだ。焦る必要はない」

ずっと一緒という言葉が嬉しくて、紅華は劉月の胸に顔を埋めた。

「ありがとう、劉月。大好きよ」

それに抱きしめる力で応えてから劉月はため息をついた。

「とはいえ、明日からしばらくは来られなくなるんだが。……今まで会えないのが当たり前だったのに、こうやって毎日会えるようになった今、ひと月はつらいな」

劉月は明日から国中を巡る、年に一度の視察の旅に出る。都に戻ってこられるのはひと月後だ。

「ふふふ、私も同じ気持ちよ。あの頃、どうやって過ごしていたのかしら」

数ヶ月前までは一度離れたら次に会えるのは一年後という状況だったのだ。それを思うと、ひと月なんてすぐのはず。それなのに、今は果てしなく長い時間に感じられた。

だからといって、彼がいないひと月を嘆いてばかりで過ごすつもりもなかった。

「劉月がいない間は、私、課題をしっかりやって待ってるわ。帰ってきたら、きっとびっくりするわよ」

張り切ってそう言うと、劉月が微笑む。

「楽しみにしてるよ。だが、あまり夜更かししすぎるのはだめだぞ」

「大丈夫よ、劉月が部屋に来ないなら、きっともっと昼間に学問をやる時間が取れるから」

紅華が言うと劉月は首を傾げた。

「昼間に？」

「そう。湯浴みの時間が短くて済むわ。劉月が来るようになってから、私、毎日湯浴みをするように言われているの。絶対にサボることは許してもらえないのよ。しかも身体の隅々までものすごーく丁寧に洗われるから、とーっても時間がかかるの。皇帝陛下の寵愛を受けるなら、私の身体はどこもかしこも綺麗でなくちゃならないんだって」

そう言って劉月を見上げると、彼はごふっとむせてごほんごほんと咳き込んでいる。

それを不思議に思いながら、紅華は言葉を続けた。

「確かに劉月は毎晩来てくれるけど、寵愛するわけじゃないのに……」

「まさかそれを誰かに言ったのか……？」

紅華の言葉を遮って、劉月が問いかける。

紅華は首を横に振った。

「言ってないわ。雨雨はともかく他の女官に知られたら後宮長様に告げ口されてしまうもの。そしたら絶対に叱られる」

燗流は、劉月が紅華のもとへ通うようになったことをあまりよく思っていないようで、湯浴みのことや、衣装のこと、紅華が学問のために部屋にこもっていることについていつも目を光らせていて、ことあるごとに小言を言う。その状況でまさか本当はまだ寵愛を受けていないのだと知られたら大変なことになってしまう。

紅華の言葉に劉月がホッと息を吐いている。紅華は胸を張った。

「安心して、劉月。私、ちゃんと寵愛ってなにか知ってますって顔をしてるから。体力が必要だというのはこの間教えてもらったから、『お疲れですか？　昨夜は天子様がいらっしゃったからですね』って言われたら『そうなんです。とっても疲れましたわ』って答えるの。毎日の課題で疲れてるのは確かだし……」

紅華の話に、劉月がくっくっと笑っている。

紅華は彼に問いかけた。

「あら、劉月。これってもしかして間違ったことかしら？　天子様の奥方様が嘘をつくなんていけないこと？」

しかもその嘘は皇帝にかかわることなのだ。

「いや、そんなことはない」

劉月が紅華を安心させるように微笑む。

「紅華だってまったくなにも知らないというわけではないだろう？」

そして紅華の唇に柔らかく口づけた。

五章　私刑

劉月が地方へ旅立って半月が経った日の早朝、紅華は誰もいない後宮の中庭にいた。地面にしゃがみ込み、柔らかそうなところを小さな鍬《くわ》でせっせと掘っている。

「うーん。なかなか出てこないわ。それにしてもここの土は固いわね」

ぶつぶつと呟きながらあっちでもないこっちでもないと場所を変えては掘ることを繰り返している。すると後ろから声をかけられた。

「なにをしているの？」

振り返ると、紅華と同じ歳くらいの青年がニコニコとして紅華を見下ろしていた。少し茶色い髪と同じ色の瞳の青年は、背は劉月と同じくらい高いけれど、笑顔はどこか無邪気で、少し幼い印象だ。

はじめて見る顔だった。

三つ編みをしていないから宦官ではないようだけれど……。

そもそもここは後宮だから、宦官以外の男性はほとんどいない。衛兵や料理人、庭師などは男性だが、彼はそのどれでもないように思えた。

紅華は鍬を置いて立ち上がった。

「さっきからあっちこっち掘っているみたいだけど」

青年はあたりを見回して首を傾げる。庭を掘り返す紅華の行動は、しばらく前から観察されていたようだ。紅華は、いたずらを咎められた子供のような気分になった。

適当な言い訳も見つからずうつむいて白状する。

「……ミミズを探してました」

「ミミズを？　どうして？」

青年が首を傾げた。

「オウム……鳥を飼っているのですが、餌《えさ》をあまり食べないんです。だから、生きた虫の方がいいのかなと思いまして。最近乾燥させた花の種ばかりあげていたから」

「君、オウムを飼っているの？　ここの女官だろう？　……あぁ、君のご主人様が飼っているのか」

勝手に勘違いをして勝手に納得している目の前の人物に、紅華はなんと言えばいいのかわからない。

こっそり部屋を抜け出してきた紅華は、土で衣装を汚さないために雨雨の前掛けを借りている。さらに言うと妃が自らミミズを取りに来るなど考えられないから、彼が紅華を女官だと思ったのは当然だ。

だからといってすぐに違うと訂正してよいのだろうか。相手が誰かもわからないのに、気軽に名乗るのは皇帝の妃としては相応しくない行動かもしれないという考えが頭をよぎる。でもだからといって、この謎の青年に先に名を尋ねるのも失礼な気がして、紅華は手をもじもじとさせた。

青年が微笑んだ。

「僕は胡来儀、皇帝の弟だ。名前を聞いたことくらいあるだろう」

「胡来儀……様」

紅華は目を見張る。ではこの青年が、父が劉月よりも皇帝に相応しいと推した人物なのだ。唐突に訪れた意外な出会いに、紅華は戸惑いながらも慌てて膝を折る。

「し、失礼いたしました、来儀様。私は楊春燕と申します。天子様の妃としてこちらでお世話になっております」

紅華の挨拶に、今度は来儀が驚く番だ。

「君が？」

劉月よりも少し柔らかな目元を疑わしそうに細めて言葉を失っている。

無理もないと紅華は思う。女官用の前掛けを身につけて、こっそりと庭の隅をついている女が皇帝の妃だなど誰が予想できるだろう。

「楊春燕……ということは、あの堅物の兄上が夢中だって噂《うわさ》の……？」

唖然としたまま彼は呟く。

その言葉に、紅華は真っ赤になった。

「夢中だなんて……！」

来儀が紅華の汚れた手に目をやり、思い出したように声をあげた。

「あぁそういえば、少し前に兄上が寵姫に変わった贈り物をしたって噂になっていたね。確かそれが……オウム！」

紅華は頬を染めたまま頷いた。

「ははは！　あの兄上が夢中だっていうからどんな娘かと思っていたけれど、予想外だな！　鳥の餌を自分で獲りに来るなんて」

来儀が声をあげて無防備に笑う。

紅華は周りを見回して慌てて彼に懇願した。

「あ、あの、来儀様。私、女官に黙ってここへ来たんです。虫を獲りたいなんて言ったら絶対に許してくれないから。……だから、その……」

「あぁ、ごめん」

来儀はすぐに紅華の意図を汲んで声を落とした。

「それで？　ミミズは見つかった？」

来儀からの問いかけに、紅華は肩を落とした。

「それがなかなか見つからなくて……。畑の中みたいに柔らかい土のところがあればいいんですけど」

紅華が知る限り後宮に畑はない。

もうすぐ雨雨が紅華を起こしに来る時間だ。今日は諦めよう。

するとと来儀が思いついたように声をあげた。

「あぁ、それなら。いいところがあるよ。おいで」

彼は紅華の返事を聞かずにすたすたと庭を進んでいく。紅華は慌てて鍬を手に、彼の背中を追う。建物の合間を縫うように細い道を何度も曲がり、やがて辿り着いたのは召使いたちの居住区だった。

来儀は誰もいないことを確認して、その脇にある小さな畑に紅華を導いた。

「ここは彼らが趣味で耕している菜園だ。ここなら簡単に見つかるんじゃないかな。ミミズ」

言われた通り隅を掘り返すと、すぐに二、三匹目ほどを捕まえることができた。

「この時間はあまり人がいないから毎日獲りに来るといいよ。オウムは生き餌が好きだ」

来儀からの助言に、紅華は微笑んで頷いた。

「ありがとうございます」

「君は鳥が好きなんだね」

「はい」

紅華は鳥だけではなく動物も虫も大好きだ。

「オウムを飼ってるなんて羨ましいなぁ。とっても綺麗だって聞いたよ」

「羽が青と赤と黄色なんです。それに賢いんですよ。部屋に来客がある時は女官よりも先に気が付いて教えてくれたりして……」

「へぇ、オウムが賢いって本当なんだね。僕ですら本でしか見たことがないのに。さすが兄上だなぁ。そうだ今度君の部屋へ見に行ってもいい？」

その来儀の無邪気な願いに、紅華はすぐに返事ができなかった。たとえ皇子とはいえ、皇帝以外の男性を自分の部屋に招き入れていいものなのか判断がつかない。

「後宮長様にお許しをいただかなくてはなんとも……」

言い淀む紅華に、来儀が忌々しそうに舌打ちをする。

「確かに。あの陰険やろうに見つかったら厄介だな。あいつは僕の母上が健在だった頃から後宮にいたんだ。母上や有力な妃にはヘコヘコして、陰では弱い者いじめさ。僕は大嫌いだ」

そう言って来儀はやや大袈裟に顔をしかめてみせる。その歯に衣着せぬもの言いに、紅華は思わず噴き出した。妃たちが燗流についてあまりよく思っていないのは確かだが、ここまではっきり言う人ははじめてだ。

くすくすと笑っていると、彼はニカッと笑って「君も同じ気持ちだね？」と言う。

紅華は頷きながら、不思議な気持ちになっていた。

彼は、すでに一の皇子だった劉月を廃してまでも父が皇帝にしたいと願った人物なのだ。紅華は勝手に父と同じような野心的な人物なのかと思っていた。でも目の前にいる彼は少し違っているように思う。

劉月のひとつ歳下だという話なのに、歳よりも幼く無邪気に感じられる。顔見知りではない紅華に、突然話しかけてくるあたりもどこか無防備だ。

来儀が提げている鞄《かばん》をぽんぽんと叩いた。

「僕は絵を描くのが好きなんだ。本当は一日中絵を描いていたいんだけれど、帝位につかない気楽な皇子でも、昼間はそれなりに忙しいからね。こうやって早朝に歩き回ってるってわけ」

「どうして後宮に？」

「後宮が美しいところだからさ。僕が育った場所でもある」

後宮の妃が産んだ皇子や皇女はある程度大きくなるまでは母親と共に後宮で育つ。なるほど、だから燗流をよく知っているのだ。

「僕は風景を描くのも好きだけれど、動物や鳥を描くのも好きなんだよ。オウムは描いたことがないから、ぜひ描いてみたいなぁ」

そう言って紅華をチラリと見る。思いがけない来儀の言葉に紅華は瞳を輝かせた。

「楽楽を描けるのですか？」

「楽楽っていうの？　そのオウム。もちろん！　会わせてくれたらね。でも燗流に見つかるとうるさいし……あ、そうだ！」

来儀がパチンと親指を鳴らした。

「明日この時間に、ここに連れてきてよ。今日みたいに内緒でさ。だめかな？」

それくらいならわけないと紅華は思う。どうせ明日もミミズを獲りに来るのだから。

「わかりました。明日連れてきます」

紅華は頷く。大好きな楽楽を描いてもらえるのが嬉しかった。

「やったぁ。ありがとう！」

来儀が満面の笑みになった。

「そのミミズ。楽楽が気に入るといいね！」

出会った次の日とその次の日に、紅華は楽楽を連れて来儀と会った。彼は楽楽を
「不死鳥のように美しいね」と褒めてくれた。
紅華は嬉しくてたまらなかった。
彼の絵の腕前は、玄人だった。紅華にしてみれば少しも止まっていない楽楽をあちらこちらから眺めながら、すらすらと紙に描き写してゆく様はまるで不思議な術のようだ。しかもその紙の中の楽楽も、本物と同じように動きだしそうなほどだからなおさらだ。

来儀は二日かけて簡単な絵を何枚か仕上げた。あとは自分の宮で描くという。

「仕上がったら、差し上げるよ」

「嬉しいです。楽楽は大切なお友達だから。天子様にもお見せします」

劉月もきっと喜んでくれるだろう。

「視察から帰られたらきっとびっくりされるでしょう」

そう言って楽楽の籠を抱きしめると、来儀が茶色い瞳を瞬かせた。

「君はとても邪気なく笑うんだね」

「……え？」

少し不可解なその言葉に紅華が首を傾げると、彼はうつむいて低い声を出した。

「そのように笑う人は後宮では珍しいんだ。……ここはそういうところだから」

そして少し遠い目になって、木々の向こう側の後宮に視線を送る。

「僕の母上も周りの女性たちも顔は笑っていても、心の中は違った。女性がそのようにしか生きられない場所なんだよ。後宮《ここ》は。もううんざりさ、何年か前までは従《い》兄《と》弟《こ》叔《お》父《じ》が僕を一の皇子にしようと躍起になってたよね。あの時は大騒ぎだった。本当にいい迷惑さ」

どこか投げやりに言って、彼は紅華を見つめた。

「君のお父上だよ。知ってる？」

紅華は黙ったまま頷いた。でも、どこか苦しげな表情の彼になんと答えていいかわからなくて、とりあえず当たり障りのないことを口にする。

「父上は……来儀様が天子様になられることが国のためと考えたのでしょう」

「まさか！」

それを来儀が吐き捨てた。

「僕は皇帝の器じゃない。そんなこと誰にでもわかることだ。兄上は僕ら皇子の中で武道も学問も抜きん出ておられた。しかも誰よりも努力家だ。皇帝は兄上以外考えられないよ。それなのに従叔父上は……」

来儀は目を閉じてやるせないというように首を振る。そして小さな声でぽつりと言った。

「従叔父上が傾倒《けいとう》していたのは僕じゃない……僕の母上だ」

「え……？　皇后様？」

「そう、僕の母上……。ふたりは幼なじみだったんだ。とても仲睦《なかむつ》まじかった。少なくとも僕からはそう見えた」

秘密めいた来儀の話に、紅華は息を呑む。聞いてはいけないことを聞いてしまったように胸がざわざわと騒ぎだした。

そもそも紅華から見れば冷酷なだけに思える父に、親しい人物がいたのだということも驚きだ。父が来儀を推した理由もただ、彼らを利用しただけだと思っていたのに。それにしても彼はなぜ今このような過去の話を紅華にするのだろう。誰かに聞かれでもしたらただでは済みそうにない話なのに。

紅華はジッと彼を見つめる。

すると突然、来儀が紅華の腕を掴んだ。

「ら、来儀様……？」

「従叔父上はまだ諦めていない」

その言葉に紅華は目を見開く。心の中で恐れながら、本当のところは知りたくないと目を背けていたことだ。

「この間、従叔父上に会ったんだ。まだ諦めていない、はっきりとそう言われたよ。僕がいくらやめてくれと頼んでも無駄だった」

彼は一旦言葉を切り、苦渋に満ちた表情で続きを話しはじめた。

「もう、母上はいない。だから諦めてほしいんだ。僕は皇帝なんかになりたくない。ただ好きな絵を描いていたいだけなんだ。……でもいくら頼んでもだめだった」

最後は消え入りそうなほど小さな声で呟いて、肩を落としている。

紅華の胸がズキンと痛んだ。父の野望に振り回されて、危うい立場に立たされる、彼の気持ちが紅華にはよくわかる。

かける言葉が見つからない。だって、紅華もまったく同じ立場なのだ。

「来儀様……」

来儀が紅華に懇願する。

「春燕妃からも言ってくれないかな。僕にはそんな気はないって。もう諦めてほしいって」

なんとかしたいと紅華は思う。父と先の皇后が従兄弟同士ならば、来儀は紅華にとって父以外にはじめて出会った親戚だ。しかも、もし父が劉月に刃を向けることがあれば、紅華だってただでは済まないのだ。

彼が紅華にこの話をした理由がようやくわかった。ふたりの運命は一蓮托生《いちれんたくしょう》。なんとしても、父を止めなくては未来はない。

けれど紅華が意見してどうにかなる相手ではないのも事実だった。

「お願いだよ」

すがるような来儀からの懇願を無下にすることもできなくて、紅華はゆっくり頷いた。

「わかりました。私からも父上にお話ししてみます。ですから来儀様も、お気を落とされませんよう」

「ありがとう」

少しホッとしたように息を吐いて、来儀は紅華の腕を離す。

「じゃあ、絵ができたら知らせるね」

そう言って去っていく後ろ姿を見つめながら、紅華は震える手を握りしめた。

来儀にはああ言ったけれど、なにかできる自信はまったくない。劉月と再会し新しい生活が始まって浮かれていたけれど、本当のところ紅華の立場はまったく変わっていないのだ。

『まだ諦めていない』

その言葉が、耳から離れなかった。

来儀が朝の菜園に来なくなってから劉月が帰ってくるまでの残りの日々を、紅華は彼の言葉を反芻しながら過ごした。

『従叔父上は、まだ諦めていない』

劉月は皇帝として危なげなく歩みはじめている。皇子時代から培ってきた経験と人脈は着実に身を結びつつあって、民からの信頼も厚い。そんな彼に、いったい父はなんの不満があるというのだろう。

『とても仲睦まじかった』

けれど、まさか、……それだけで？

来儀自身も劉月を慕い、皇帝になる気などないというのに。あまりにもつらそうな来儀の様子に、父に話をしてみるなどと安請け合いをしてしまった紅華だが、当然ながらまったくどうすればいいかはわからない。

机に山積みにされた教本にぺたりと頬をつけて紅華は窓の外を見つめる。無性に劉月に会いたかった。

あの温かい腕に抱かれて、なにも憂うことなどないと心から安心したい。でもそれは紅華が父の娘である限り無理なことなのだろう。この件に関してはいくらなんでも彼に相談するわけにはいかない。

紅華がため息をついて目を閉じた、その時。楽楽がグワグワと鳴いて、紅華は顔を上げる。視線の先で、扉を開けた雨雨が怪訝な声をあげた。

「まぁ後宮長様!?　いかがいたしましたか」

同時に、燗流と数人の衛兵が部屋に押し入り、窓際に座る紅華を取り囲んだ。

「なっ、何事です!?」

雨雨が紅華に近づこうとして、衛兵に取り押さえられている。燗流が訪ねてくることは珍しくはないけれど、部屋の中にまで入ってくるのははじめてだ。しかも衛兵を連れているのだから、ただごとではない。

嫌な予感がしながらも、紅華は彼に問いかける。

「春燕妃様に至急お伺いしたきことがございます。牡丹の間にお越しくださいませ」

口調は丁寧だが、衛兵を連れている以上逆らうことはできないのだろう。だがそれにしても急すぎる話だ。

「今からですか」

紅華は眉を寄せて聞き返す。事前の知らせもなく今の今とは、横暴すぎる。聞きたいことというのも見当がつかなくて気持ち悪かった。

「こ、後宮長様、いきなり来られて今からというのはあんまりですわ。いったいなにが……」

「黙りなさい」

鋭い声で燗流が雨雨を黙らせる。そして紅華を睨んだ。

「春燕妃様、お早くお願いいたします。皆様お待ちでございますゆえ」

皆様というのがいったい誰なのか、まったくなにもわからないままに、衛兵に腕を掴まれて紅華は立たされる。雨雨が必死に抵抗するけれど、その甲斐も虚しく引きずられるようにして自室を後にした。

牡丹の間で待っていたのは後宮内のすべての妃だった。

紅華が入室すると、それまでざわざわとしていた室内は、水を打ったように静まり返る。

今日は中央にあるはずの牡丹の屏風がなく、代わりに飾りのない椅子がポツンとひとつ置かれていた。妃たちは両脇に設けられた席にいつものように優雅に腰掛けている。皆表情は険しかった。

燗流に続いて紅華が前を通り過ぎると、扇で口元を隠して汚いものを見るような目で見る。紅華が案内されたのは、中央の椅子だった。

「これは……いったいどういうことですか」

紅華は燗流に尋ねるが答えはなく、有無を言わさず座らされる。

皆の視線が紅華と燗流に集まる中、燗流が妃たちに向かって声を張り上げた。

「皆様、お待たせいたしました。本日お越しいただきましたのは、紫水妃様より春燕妃様へお尋ねしたきことが生じたからにございます。皆様におかれましてはお二方のお話をお聞きいただきまして、どうぞその是非をご判断くださいませ」

この言葉を聞いて、ようやく紅華は自分がどういう状況に立たされているのかを理解する。

後宮では妃が規律違反をした時などに開かれる会があると、以前雨雨が言っていた。違反したとされる妃は後宮長と他の妃に囲まれて責められ処分されるのだ。

……でもそれは表向きの話。

実際は皇后や寵妃に歯向かった妃を言われなき罪で断罪する、私刑のような場であるという。

紅華は震える手をぎゅっと握りしめた。

紅華から一番近いところに座っていた紫水が音もなく立ち上がる。

今日の彼女はまるで人が違っているようだった。先日の茶宴でおどけてみせた明るさは消え失せて、ただ無表情で紅華を見つめている。会場にいるすべての者が見守る中、彼女が静かに口を開いた。

「私、見たんです。少し前の早朝、春燕妃様が後宮を抜け出してこっそり殿方とお会いになっているところを」

そう言って彼女は、紅で縁取られた目で紅華を睨む。

紅華の胸が嫌な音を立てた。

来儀と会っていたことを言われているのだろう。

「私が知っているだけで二日お会いになっておられました。天子様がご公務でいらっしゃらない時にいったいどういうおつもりなのかお聞きしたくて、後宮長様にこのような場を設けていただいたのです」

紫水の言葉に、会場の妃たちがざわざわと騒ぎだす。眉を寄せて隣の者となにか話をしては紅華を睨んでいる。

紅華の背中を冷たい汗が伝い落ちた。

彼女が、召使いの菜園に用があって行くはずがないから、おそらくは後をつけられていたのだろう。まったく気が付かなかった。声をかけてくれたらなにもやましいことはないとその場で言えたのに、皆の前で暴露されては分が悪すぎる。

〝顔は笑っていても心の中は違う〟

来儀が話していたことが、頭に浮かんだ。

「紫水妃様、春燕妃様がお会いになっていたという殿方に見覚えはありませんでしたか」

燗流がどこかわざとらしく紫水に尋ねる。紫水が得意そうに答えた。

「恐れ多くも胡来儀様のように思いました」

「なんと！」

燗流が大袈裟に声をあげ、牡丹の間は大騒ぎになった。あちらこちらから、「なんてふしだらなの！」と悲鳴のような声があがっている。

茶番劇だ、と紅華は思う。彼は紫水からあらかじめすべてを聞いていたに違いない。だからこそ、このように大袈裟に皆の前で暴露したのだろう。そしてここまで公にするのだから、紅華に対する処遇はすでに決まっているのかもしれない。

本来であれば公の裁判を受けるべきことも、一度後宮に入ってしまえば関係なくなる。古来から後宮の妃はこのように処罰されてきた。こうやって何人の女性たちが涙を呑んできたのだろう。

「なにも人に言えないことはしておりません」

負けてはいられないと紅華は紫水に言い返す。このままでは言われなき罪で断罪されてしまう。

「来儀様が私のオウムを見たいと仰ったのです。来儀様は絵を描くのがお上手なんです。それで私のオウムを描きたいと。直接来儀様に確認していただいて結構です」

だが、紅華の言い分を支持してくれる者は誰ひとりいない。皆疑わしそうな目で見て、中には軽蔑したように眉をひそめている者もいる。

紅華の言い分に、燗流は一応頷いた。

「紫水妃様も春燕妃様が鳥籠を持っていたと仰っておられますが……」

「そんなの言い訳だわ！」

どこかから声があがる。

「そうよ。どんな理由があっても殿方とふたりきりで会うなんてあってはならないことよ！」

別の誰かが叫ぶ。

「ふ、ふたりきりというのは、軽率だったかもしれませんけれど……」

紅華がそれに答えようとした時。

「春燕妃様」

紫水の向かいに座っていた凛麗が口を開いた。彼女はそれまで静かに皆の話を聞いていたが、その表情はやはり険しい。いつも穏やかな笑みを浮かべている紅梅色の口許は悲しそうに歪んでいる。

「来儀皇子からそのようなご依頼があったのなら、正式に後宮長様に話を通していただくべきではありませんか。それをしなかったというだけで、やましいことがあると思われても仕方がありません」

もっともすぎる彼女の意見に、紅華はひと言も言い返せない。胸がどきんどきんと嫌な音で鳴り続け、指先が冷たくなっていく。

絶体絶命とはこのことだ。

「春燕妃様、来儀皇子にお見せになったのはこの鳥ですね」

いつのまにか燗流が紅華の部屋から楽楽の鳥籠を持ってきている。

紅華は虚ろな目でそれを見て頷いた。

突然、たくさん人がいるところに連れてこられて驚いた楽楽がグワグワと鳴いている。妃の中の何人かが布巾で口を押さえて眉をひそめた。

燗流が鳥籠を掲げ、紫水に楽楽を見せた。

「紫水妃様、こちらの鳥ですか」

「さぁ？　鳥籠を持っていらしたのは覚えていますが、ソレだったかどうかは……今はけたたましく鳴いていますが、私が見た時は静かでした。バレた時の言い訳に偽物の鳥でも入れてらしたんじゃありませんか」

「そんなことしないわ！　楽楽は普段はおとなしいのよ。返してください、いきなりこんなところに連れてこられて、かわいそうだわ！」

紅華は思わず声をあげる。燗流はそれを無視して鳥籠の留め具に手をかけた。

「念のため、鳥籠を調べさせていただきます。文など残っているかもしれませんから」

そう言って鳥籠の戸を開けたその時、楽楽が鳥籠から逃げ出した。

「あ！　だめ！　捕まえて！」

楽楽はグワァーっと鳴いてパタパタと牡丹の間を一周し、開け放たれていた窓から大空へ飛び出していってしまった。

「なんてことするの！　逃げ出しちゃったじゃない！」

紅華は目に涙を浮かべて燗流を責めた。

「これはこれは……大変失礼いたしました。すぐに別のオウムを手配いたしましょう」

燗流は少し驚いた様子を見せただけで悪びれることもなく言う。

紅華は胸が潰れそうだった。別のオウムを手に入れても、それは楽楽ではない。紅華は楽楽を可愛がっていたのだ。

それに人に慣れた鳥は野生では生きていけない。他の鳥に襲われて死んでしまうかもしれないと思うと、心配でたまらなくて、今すぐにでも探しに行きたかった。

けれど今の紅華にはそんなことは許されない。

「春燕妃様は本当にご自分の立場をわかっていらっしゃらないのね」

ため息交じりに紫水が言う。紅華は力なく彼女を見た。

「今はもっと重要な問題を話し合っているというのに」

けれどどこれ以上話し合うことになんの意味があるのだろう。いくら追及されても来儀とのことはさっき話したことがすべてだ。そしてここにいる者は誰ひとりとして紅華を信じてはくれない。処分が決まっているなら早く言えばいいじゃないかと、紅華は投げやりな気分になった。

「春燕妃様、天子様がいらっしゃらない時を見計らったかのように殿方と密会されたこと、大変残念ですわ。春燕妃様はこの後宮で唯一、天子様のご寵愛をお受けになられておられる立場なのに。でもだからこそ、その罪は重いと言わざるを得ません」

密会などという大袈裟な言葉を使い紅華を追い詰める凛麗の言葉にも、反論する気にはなれなかった。

「軽率な行動でした。申し訳ありません」

ただ力なく謝るのみである。

凛麗は立ち上がり、妃たちを見渡して宣言する。

「では皆様にお決めいただきましょう。春燕妃様はこの件につきまして、罰を受けるべきか否かを」

さっきまでの悲しそうな表情とは打って変わって、瞳はどこか楽しげに輝いて紅梅色の唇は薄く微笑んでいる。まるでこうなるのを待っていたとでもいうようだ。

紅華は覚悟を決めて瞳を閉じた。

……その時。

「なにをしている」

低いよく通る声が響いて、皆が一斉に声の方を振り向いた。音もなく開いた扉の向こうに、劉月が旅装束のまま立っていた。

肩に楽楽を乗せている。

「あ！　楽楽！」

紅華が呼ぶと楽楽はグワァーと鳴いてから飛び立って、紅華のもとへやってくる。

紅華は立ち上がり、燗流が放り出したままにしていた鳥籠を拾うと、その中に促す。

楽楽はもう一度グワァーと鳴いておとなしく紅華に従った。

「なにをしていると聞いている」

厳しい表情でもう一度問いかけて、劉月は靴音を鳴らして広間に入ってきた。

先ぶれもなしに突然現れた皇帝からの問いかけに、誰も答えられない。皆固唾《かたず》を呑んで、カツカツと広間を進む彼を見つめた。

やがて彼は紅華のもとへやってきて、背中でかばうように立つ。そして凛麗を睨んだ。

「て、天子様、お戻りはもう少し先のはずでは……？」

燗流が恐る恐る彼に尋ねる。

それに劉月が答えた。

「所用が済んだので少し早く戻れたのだ。先ほど宮廷に着いたら、門のところでオウムが飛んでいたので、何事かあったのかと寄った」

その説明に燗流が苦々しい表情を浮かべる。彼が戻ることは予想外だったのだろう。

「それより、これはどういうことだ。……なにをしていた？」

劉月は凛麗を問い詰める。どういうことだと尋ねながら、後宮で育った彼にはこの場でなにが行われていたのか、予想がついているようだった。

「我が妃になにか問題でも？」

声音に静かな怒りが滲む。

凛麗が口を開きかけた時。

「天子様」

突然、紫水が立ち上がった。

「おそれながら、申し上げます」

劉月が怪訝な表情で振り返った。

「私が春燕妃様が殿方と密会されているところをお見かけしました」

得意げに言って、なぜか嬉しそうに微笑んでいる。皇帝に見られているという事実に頬は染まり、瞳は爛々《らんらん》と輝いている。

劉月が眉を寄せた。

「密会……?」

「そうです。誰もいない後宮の隅で、来儀皇子と親しげにお話しされているところをお見かけしました。ですから私が後宮長様にお願いして、このような場を設けていただいたのでございます」

そこへ。

「天子様」

凛麗がふたりの会話に割って入る。紫水が忌々しそうに彼女を睨んだ。いつも凛麗に従順な紫水らしからぬ振る舞いだが、凛麗は紫水を無視して劉月に語りかけた。

「天子様がご公務でお忙しくされている中でのことですので、天子様に代わりまして皆様で春燕妃様からお話を聞いておりました」

劉月が紫水に目をやった。

「それで、そなたは来儀と彼女が睦み合っているのを見たのか？」

「そ、それは……。なれど親しげにされていて、私が見たのはすべてではありませんので、その……そういうことがあってもおかしくないと思いました」

劉月が彼女を冷たく睨んだ。

「見ていないのであれば、憶測でものを言うものではない」

明らかに不快感を滲ませる皇帝の言葉に、紫水はびくりと肩を震わせて泣きださんばかりになってしまう。

「も、申し訳ありま……」

「下がりなさい」

紫水は慌てて着席し、扇で顔を隠して頭を下げた。

「なれど、天子様」

それでも食い下がるのは、凛麗だ。

「そこでなにがあったかはこの際問題ではないように思います。問題は、天子様のお留守に殿方とお会いになられていたという春燕妃様の軽率な行いにあるのです。この後宮の秩序を保つためにも不問に付すべきではありませんわ」

「なんの権限があってそなたはそう言うのだ」

凛麗の言い分に、劉月はすかさず切り返した。

「この後宮に明文化された規律などないだろう。だからそれに違反することなどありえない」

凛麗が口元を歪ませる。およそ納得していないのは明らかだが、それ以上はなにも言わなかった。

「天子様」

今度は燗流が歩み出た。両手をもじもじとさせて、ねっとりとした視線で上目遣いに劉月を見ている。

劉月がうんざりしたようにため息をついた。

「なんだ?」

「私は、その、後宮長にございます」

「……それが如何した」

「つまり、後宮で起こることのすべては私の責任でございます。天子様に忠誠を捧げるのはこちらにいらっしゃるお妃様方の義務にございますれば……万が一にでもそうでない者がこの中にいらっしゃるとすれば、その躾《しつけ》は私の責任で行わなくてはなりま……」

「痴《し》れ者っ!!」

燗流が言い終わらぬうちに、劉月が彼を一喝する。

その場にいるすべての者がびくりと肩を震わせて息を呑み、国の最高権力者である皇帝の凄《すさ》まじい怒りに恐れ慄《おのの》いた。

劉月が燗流を睨んだ。

「お前は私を愚弄《ぐろう》するつもりか？　彼女は私の妃だ、お前のではない。彼女にいかなることがあろうとも、お前の手出しは無用。私に無断で二度とこのようなことをするな！」

そう言い放ち、紅華の方を振り返ると鳥籠を抱えたままの紅華を抱き上げた。

「来儀とのことは私が直接彼女に事情を聞く。お前たちは解散しろ。今後、一切このことを口にすることは許さん」

劉月の命令に皆震え上がり、言葉を発することなく平伏する。だが凛麗だけは、背筋を伸ばしたまま燃えるような目で劉月と紅華を見つめていた。

「今から彼女の部屋へ行く。誰も来ぬように」

そう言い残してふたりは牡丹の間を後にした。

部屋へ着くと居間に紅華を降ろして、劉月はそのまま寝所へと姿を消した。

紅華は楽楽の鳥籠を机に置き、彼の後を追う。雨雨はいなかった。

寝所では劉月が無言のまま旅装束を外して、床に投げ捨てている。すべて外し終えると、床を見つめたまま深いため息をついた。

紅華の胸が申し訳なさでいっぱいになった。

ここへ来てまだ日の浅い紅華だが、彼が理不尽なことで声を荒らげることのない温厚な賢帝と評判なのは知っている。その彼があれほど激昂《げっこう》するなんて。

なにもかも自分の蒔いた種なのだ。愚かな自分が情けない。

「劉月、……ごめんなさい」

広い背中にそう告げると、劉月が振り返る。その表情には旅の疲れが滲んでいる。

ひと月弱の間、騎馬《きば》で国中を駆け回っていたのだ。相当疲れているだろうに、帰還早々心労をかけてしまった。

それなのに、劉月は首を横に振った。

「いや、後宮の私刑《あれ》を知っていたのに紅華を置いて留守にした俺が迂闊《うかつ》だったんだ。でも、こんなに早くやられるとは思わなかった」

もう一度深いため息をついて、劉月は寝台に腰を落とした。

「だが間に合ってよかった。楽楽は教えてくれたんだな」

頷いて、紅華も彼の隣に腰掛けた。

「来儀に会ったのか？」

「うん、楽楽のために生き餌を取ろうと思って、雨雨に内緒でミミズを探していたら声をかけられたの」

「ミミズを？」

劉月が少し驚いたように紅華を見る。

「うん、劉月にもらった鳥の教本に書いてあったの。そ、それで……」

紅華は言い訳をするように答えた。

「なるほど」

劉月がふっと笑みを漏らした。

「それでミミズは見つかったのか？」

「うん。来儀様が召使いの菜園に案内してくれて。急に声をかけられてびっくりしたけど、助かったわ」

劉月が舌打ちをした。

「あいつまた絵を描くためにふらふらしてたんだな」

その親しげな口調に、紅華は少しホッとする。政治的に対立しているとはいえ、兄弟として互いに悪い感情はないようだ。来儀も劉月を褒めていた。

「それで楽楽の話をしたら、見てみたいって言われたの。絵に描いてあげるって言ってくださったから……」

そこまで言って紅華はしょんぼりと肩を落とした。

「本当は後宮長様にお許しをもらうべきだったのよね。本当にごめんなさい」

考えなしに軽率な振る舞いをしてしまった。それで騒ぎを起こしたのだから、皇帝の妃としては失格だ。

「いや、来儀が無理を言ったんだろう。紅華が生き物や学問に夢中なのと同じで、あいつは昔から絵が好きで、描きたいと思ったら周りが見えなくなるんだ。よく老師様の講義を抜け出して叱られてたな。俺からも言っておくよ」

そう言って劉月は大きな手で紅華の頭を撫でる。彼がわかってくれたことに安堵して紅華は息を吐いた。

一方で、胸の奥にざわざわとした嫌な感情が生まれるのを感じていた。

『皇帝は兄上以外考えられないよ』

来儀の言葉が頭に浮かぶ。

劉月は強くて優しくて寛大だ。このままいけば、天軸國の民にとって歴代にない理想的な皇帝となるだろう。

たとえるなら太陽のような存在だと紅華は思う。けれど太陽がある場所には必ず影がついて回る。太陽を敵に回して沈めようという無謀な望みを捨てられない楊高曹を父に持つ紅華と、父が傾倒していたという先の皇后を母に持つ来儀は、その〝影〟なのではないだろうか。

でもすぐに紅華はその思いを打ち消した。こんなこと考えても意味のないことだ。

「来儀様の絵、楽しみだわ」

心の憂いを振り切るように、紅華はわざと明るくて楽しい言葉を口にした。

「知ってる？　劉月。来儀様の絵ってすごいのよ！　本当に生きているみたいなんだから」

すると突然劉月が紅華から目を逸らし立ち上がる。そして窓際に歩み寄り、庭を見つめた。

「劉月？」

少し意外な彼の行動に、紅華が首を傾げると劉月が背を向けたまま、口を開いた。

「……紅華、来儀にはもう会うな」

「え……？」

紅華は驚いて声を漏らし、彼の背中に問いかけた。

「どうして？」

もちろんしばらくは、会わない方がいいだろう。たとえ燗流の許しを得たとしても他の妃からよく思われないだろうから。けれどほとぼりが冷めた頃に、劉月が同席している場面でなら問題ないのではないだろうか。

紅華は劉月の妃なのだから、来儀とは義兄妹になるのだし、そもそも紅華にとってはもともと親戚にあたるのだ。もう会うなというのは少々乱暴に思えた。

「どうしてもだ。あいつには後宮への出入りを禁じておく」

不機嫌に、そして一方的に言い放たれた言葉に紅華は反発を覚える。素直に『はい』とは言えなかった。

「楽楽の絵をいただく約束をしたわ」

言葉に、劉月に対する不満が滲む。劉月が振り返った。

「紅華と来儀が会っていては、よからぬことを考える輩《やから》がいるからだ。あらぬ騒動を避けるためだ」

冷たく言い放たれた言葉の意図するところは、紅華にも理解できる。よからぬことを考える輩とは父のことだろう。けれどそれでも紅華は素直に頷くことができなかった。

来儀は、身内の縁に恵まれない自分に突然現れた血縁なのだ。父の動向いかんによっては危うくなるという不安定な立場にいる唯一の同志でもある。父に早まった真似はしないように進言すると約束したのに、もう会うなと言われて『はいそうですか』と引き下がれるわけがない。

「でも来儀様のお母上様と私の父は従兄弟同士で、私にとっては数少ない身内なの。せっかく、お会いできたのに……」

紅華は一生懸命懇願した。

「会う時は、劉月が一緒にいてくれればいいじゃない。劉月がいない時には会わないわ！」

「だめだ、もう会うな」

「なぜそんなことを言うの？　ひどいわ！」

冷たい彼の答えに、紅華は立ち上がって声をあげる。

皇帝としてたくさんの臣下に囲まれて日の当たる場所を歩いている彼には、紅華の気持ちがわからないのだろう。

紅華はつい最近まで寺という隔離された世界にいて孤独だった。家族もなく、友と遊んだことすらない幼少時代。今だとて周りは敵か味方かわからない者ばかりである。

その中にいて、信頼できる友になれるかもしれない来儀を簡単に切り捨てることなどできるわけがない。

「私のお友達よ！　劉月に決められることではないわ！」

劉月が自分のために言ってくれていることくらいはわかっている。それでもどうしても言わずにはいられなかった。頭に血が上って、自分を抑えられない。

紅華は地団駄を踏むように右足で床を蹴った。

「劉月は関係ないじゃない！　来儀様とは……きゃっ！」

でも最後まで言い終わらないうちに劉月に抱き上げられて、寝台の上にやや乱暴に押し倒される。突然のことに目を閉じて、次に開いた時は怒りに満ちた劉月の瞳に見下ろされていた。

「あ……」

紅華の頭がスッと冷える。彼は正しいことを言ったに過ぎないのに、いくらなんでも紅華の言葉は乱暴すぎた。

「あの……」

そう言ったきり、紅華は黙り込んでしまう。

居心地の悪い険悪な空気がふたりの間に横たわる中、劉月が口を開いた。

「紅華、お前は私の妃だ。……誰にも渡さない」

「……え？」

その意外な言葉に、紅華は頭が混乱する。

彼は父のことがあるから、紅華を来儀から遠ざけようとしているのではなかったか。

『誰にも渡さない』とはいったい……？

「劉月、それは……ん！」

どういう意味かと問いかけようとする紅華の口は、劉月の唇によって塞《ふさ》がれた。

脈略ない言葉と突然の口づけが、紅華をさらに混乱の渦に突き落とす。

いったい彼はどうしてこんなことをするのだろう？

さっぱりわけがわからなかった。

ただひとつだけわかるのは、この口づけが寵愛とはほど遠いものだということだけ。

唇は重なり合っていても、紅華の心は少しも幸せな気持ちにはならなかった。代わりに広がったのは、虚しくて寂しい思いだけ。こんなに悲しい口づけははじめてだった。

そしてきっと劉月も紅華と同じ気持ちなのだろう。唇が離れた途端に眉を寄せて、紅華から顔を背けた。

紅華の視界がみるみるうちに滲んで、目から涙があふれだした。

幸せとはほど遠い、まるで紅華を罰するかのような口づけに、ただ胸が痛かった。

彼にそんなことをさせてしまったのは、他でもない自分自身なのだ。愚かな自分は彼に相応しくないとすら思う。

悲しくて、寂しくて、情けない。たくさんの感情がごちゃ混ぜになって紅華を襲う。

身体を丸めて枕に顔を埋めて、ひっくひっくと泣き続ける。

劉月がため息をついて身を起こした。居間で楽楽がグワグワと鳴いている。

「……すまなかった」

顔を背けたまま劉月が言う。紅華は寝台に横たわったまま顔を上げられないでいた。

そのまま彼は紅華を見つめていたが、しばらくして黙って部屋を出ていった。

その日ふたりは、再会の夜を別々の部屋で過ごした。


陽が落ちて月が高く昇っても、劉月は朱玉の間から動けないでいた。紅華の部屋を出てからここに来て、少しも休むことなく急ぎではない政務をこなしている。何度も休むように言いに来た秀明もついには匙《さじ》を投げ、今は部屋の外に宿直の者がいるだけである。

明日も公務で忙しい。だから今夜はもう身体を休めるべきだとわかっている。でもどうしてもひとりの寝所へ行く気にはなれなかった。長旅の疲れが身体に重くのしかかるのに頭は冴《さ》えて、とても眠れそうにない。

くだらない嫉妬だった。

来儀は同じ後宮で育った信頼できる弟だ。歳に似合わず天真爛漫《てんしんらんまん》なところがある来儀と、あの純真な紅華の間になにかあるなどとは思っていない。

だが、来儀のことを嬉しそうに話す紅華を見ているうちに、頭の中でなにかが弾けた。

一緒にいるだけで、あのような私刑の場に引きずり出される厄介な立場の自分などより、来儀と添う方が紅華にとってはいいのではないだろうかと、自分の中の弱い部分が囁いた。

負の感情を自分の中で処理できなかった結果、理不尽なことを彼女に強いて、ほとんど無理矢理口づけた。

あの時の紅華の泣き声が耳から離れない。

誰よりも慈しみ、守ってやるべき彼女をよりによって自らの手で傷つけてしまったのだ。

「くそっ！」

手にしていた筆を壁に向かって投げつける。こんな時でも彼女に会いたいと思う自分が情けない。でもどうしてもあの柔らかな頬に触れて、太陽のような香りを腕に抱いて眠りたかった。

今の自分にはそんな資格はないと、わかっていても。

その時。

「天子様」

宿直から声がかかる。劉月は顔を上げた。

「白柳炎様がお見えですが、いかがいたしましょう」

「……通してくれ」

ふぅーと長い息を吐いて、劉月はその人物を待つ。正直言って意外だった。昼間はしょっちゅう顔を合わせるが、この時間に面会とは珍しい。

白柳炎は、母親に政治的な力がない劉月を幼い頃より即位するまで、後見してくれていた恩人とも言える人物だ。

「天子様がここで夜をお過ごしとは珍しいですな」

ここ最近、夜は必ず紅華の部屋へ行く劉月に対する嫌みとも取れる言葉を口にしながら、柳炎が姿を現した。

劉月はそれには返事をせずに、書物の山を脇へよけた。

「もう休む、如何した」

柳炎は正装ではなく平服だ。一度屋敷に帰ってから、なにか目的があって宮廷に戻ったようだ。ここへ来た用向きは、私的なことなのかもしれない。

「天子様がご帰還早々、お休みにもならずに朱玉の間にこもりきりだとお聞きしまして、どうしたことかと参りました次第です」

それを聞いて劉月は「あぁ」と返事をした。

幼い頃からの後見人である柳炎は、時に劉月をまだ子供のように扱うことがある。心配させたのかもしれないと思うと申し訳ない気持ちになった。

「もう戻る。面倒をかけたな」

ため息をついてそう言うと、柳炎が手にしている酒瓶を劉月に見せた。

「天子様、もしよろしければ珍しい酒をお持ちしました。久しぶりにどうですかな」

皇子時代は柳炎とよく酒を酌み交わした。即位以来多忙な日々が続いて、久しくそういう機会を持っていなかったが、ひとりで宮に帰る気になれない今夜はその方がいいかもしれない。

「ああ、そうしよう」

「では、私の部屋へどうぞ」

有力な家臣は自分の屋敷とは別に宮廷内に部屋が与えられている。小さな居間と寝所だけという簡易なものだが、多忙な時期に寝泊まりするには十分だ。もうほとんど人気《ひとけ》のない宮廷をふたりは言葉少なに進む。

老子院議長の柳炎の部屋は皇帝の宮から一番近いところにある。その部屋へ足を踏み入れた瞬間、中にいた人物に劉月はピクリと眉を上げて立ち止まる。

柳炎の娘である凛麗だった。

「……どういうことだ」

劉月は眉を寄せて、柳炎と凛麗を交互に睨む。ついきつい口調になってしまうのは、昼間に彼女が紅華にしたことが尾を引いているのだろう。さらに言うと、凛麗と劉月を会わせるために姑息《こそく》な手を使った柳炎に対しても腹が立った。

不快感をあらわにする劉月に、柳炎が落ち着き払って答えた。

「昼間娘が出すぎた真似をして天子様のご不興を買ったと聞きました。親子ふたりで謝罪させていただければと思いまして」

「……気にすることはない。私も言いすぎた」

苦々しい気持ちをなるべく面に出さないよう劉月は言う。そしてすぐに出口へ向かって歩きだした。

「用向きがその件ならば気遣いは無用。私は宮へ帰る」

だが。

「皓月様……！」

凛麗が切羽詰まったように、劉月を呼び止める。幼名で呼ばれて、劉月は思わず立ち止まる。

凛麗とは柳炎を通して幼い頃より交流があった。〝将来は妃に〟と言われることにはピンとこなかったが、それなりの親しみを持っているのは事実だ。以前は今みたいに皓月様と親しげに呼ばれていたものだが、即位後は天子様と呼び方を変えていた。

「皓月様……」

凛麗が薄紫色の袖を揺らして、滑るように劉月のもとへ歩み寄る。細い眉を寄せて心底反省しているように目を伏せた。

「本日のこと、本当に申し訳ありませんでした。後宮のしきたりや伝統については、私なりによく学んで参りました。皓月様のご寵愛深い春燕妃様といえども不公平があってはならないと思ったのです。結果的に春燕妃様を責める形になってしまいまして……」

言葉に涙が交じる。

「気にするな」

そう言って彼女に背を向けた時。

「皓月様……！」

凛麗が劉月の背中に抱きついた。夜の部屋に不似合いな花の香りが広がった。

「一目で皓月様のお心を捕らえてしまわれた春燕妃様をお恨み申し上げる気持ちがなかったとは申しません。私は、幼き頃よりあなた様のお妃様になることのみを夢見ておりましたのに……」

涙交じりの凛麗の訴えを劉月は背中で聞いている。いつのまにか、柳炎の姿は消えていた。

「皓月様が春燕妃様をご寵愛なさる、そのわずかな合間でいいのです。私にもお情けをくださいませ。そうすれば、私は立派にあなた様の皇后を務めさせていただきます。

それが、幼き頃より私に課せられた使命……」

哀れだと劉月は思う。

彼女は老子院議長白柳炎の娘として、生まれた時から皇后となることを期待され、そのための教育を受けてきた。それを知っていた劉月は彼女が後宮に入ると決まった時に内々で、彼女にだけは話をした。

自分は後宮の娘たちを妃にするつもりはなく、いずれ後宮そのものを解体するつもりである。後宮入りが断れないのであれば、後宮解体後、よい縁に恵まれるように計らう——と。

幼なじみとしての情だった。

彼女は、神妙に聞いていたが、実は皇后となることを諦めるつもりは微塵もなかったのだと今日一日でよくわかった。

皇后になることを当然として生きていた彼女には、劉月の話は受け入れがたかったのだろう。ましてや、後宮にいる別の娘が寵愛されたとあらば、話が違うじゃないかと思っていてもおかしくはない。

最有力家臣である白家の娘である自分なら、既成事実さえあれば、無理矢理皇后に収まることができると少々乱暴な行動に出たのだろう。

「皓月様、私はあなた様に恋い焦がれる愚かな娘です。春燕妃様とご一緒でない時だけでよいのです。どうか、どうか……！」

凛麗の懇願を、劉月は冷えた心と身体で受け止める。前に回された彼女の手を優しく外し振り返った。

涙にくれる凛麗は、美しい。癖のない豊かな黒い髪、陶器のようになめらかで白い肌、紅梅色の唇、鈴が鳴るような可憐な声。まさにこの国で理想とされる女性像そのものだ。娘のどこが不満なんだと言った柳炎の嫌みも当然といえば当然だ。

けれど。

それでも。

自分が欲しているのは彼女ではないと強く思う。

今、腕に抱きたい、触れたいと願うのは、未熟で発展途上な紅い髪の少女なのだ。

「凛麗妃、自分を大切にするんだ。そなたはそのように扱われていい女性ではない。いずれそなただけの相手が見つかるはず。私もなるべく早く後宮の女人たちが自由になれるように努力するから……」

「嫌です！」

声をあげて、凛麗はかぶりを振った。

「私は、天使様でないと嫌なんです！」

「凛麗妃！」

「どうしても……どうしても、お情けをいただけないなら、私……」

悲しげに言って凛麗はふらりと劉月から一歩離れる。うつむいて次に顔を上げた時には、瞳に怪しい光が灯っていた。

「天子様にお仕えできないのであれば、私の命など……不要にございますね」

天女のように美しい笑みを浮かべて、凛麗は歌うように言う。そして自らの喉元へ、隠し持っていた刃物を突き立てた。

「凛麗妃!!」

劉月は刃物を奪おうと手を伸ばす。

「来ないで！　それ以上近寄ったら今すぐに刺します」

そう言われては身動きが取れなかった。

「なにを考えている！　柳炎がどう思うか考えるんだ。柳炎！　柳炎！」

劉月は声を張り上げて柳炎を呼ぶ。だが廊下へ続く扉は不自然なほど静まり返り、誰も姿を現さない。

凛麗が薄く笑った。

「天子様、お静かにお願いいたします。父は来ませんわ」

「なに？」

「父は私に今宵はなんとしてでも天子様とひと晩過ごすようにと言いました」

「馬鹿な……！」

劉月は吐き捨てた。

「天子様にはこのままここで朝を迎えていただきます。私から刃物を奪おうとなさったり、部屋からお出になったら、私は死にます」

劉月は無言で凛麗を睨んだ。彼女が見せる自分への異常な執着が空恐ろしい。劉月と一夜を共にしたという事実を得るためだけに命をかけるなど、狂気じみている。

劉月は彼女を刺激しないようそばにある椅子に腰掛ける。

凛麗が嬉しそうに微笑んだ。

「ありがとうございます。天子様」

「……こんなことをしてなにになる？　私がここで朝まで過ごしたとして、そなたがそれを公にしても、私がそなたを抱いてはいないとひと言言えば無駄になる話だろう」

刃物を喉に当てたまま、凛麗が向かいの椅子に腰掛けた。この状況ではあり得ないほどににっこりと微笑んでいる。

「心配はご無用ですわ、天子様。天子様は女人の名誉に関わることを声高に仰る方ではありません」

劉月は舌打ちをした。自分の気性を見透かされていることに腹が立つ。

彼女のこの振る舞いは、本当であれば皇帝に対しての不敬罪として処罰することも可能だ。だが劉月がそうはしないというところまで見透かされているのだろう。はらわたが煮えくり返る思いだった。

けれど刃物が彼女の喉に当てられている限りどうしようもない。自分にはこの茶番劇を続けるしか選択肢はない。

「ふふふ、天子様、そのように怖い顔をなさらないでください。朝までは長いのです。たくさんお話しいたしましょう」

そう言って凛麗は、灯籠に近づき部屋の明かりを落とす。劉月の向かいの椅子に腰掛けると、着ていた羽織をゆっくり脱いだ。

月明かりだけの薄暗い部屋で、なめらかな白い肩があらわになった。

凛麗がついに皇帝の寵愛を受けたという話が後宮内に広まった。

妃たちは、皇帝が紅華以外の妃に目を向けはじめたと沸き立ち、紅華は皇帝に心変わりされたのだ囁いた。彼が帰還した日、紅華の部屋から劉月が苛立たしげな表情で帰ってゆく様子を皆目撃していたからだ。

「天子様はお優しい方だから、皆の前で非難なさるようなことはなかったけれど、心の中ではお怒りだったようね」

「お部屋でよく事情をお聞きになってみるとやっぱり疑わしかったんでしょう。いくらなんでもオウムの絵を描いていただけなんて言い訳、通用しないわ」

「それにしても天子様がお部屋を出ていかれたのを知ってすぐに行動されるなんて、凛麗妃様も必死よねぇ」

「あらぁ、でもズルくなぁい？　ご寵愛を受けたのは宮廷のお父上様のお部屋だったんでしょう？　お父上様を頼るなんて」

「なにを今さら。だからこそ、彼女が皇后様候補なんじゃない。今まではご寵愛がなかったから保留だったけれど、きっとこれで決まりよ。とにかく私たちも機会が出てきたと思えば悪くない話だわ」

中庭で妃たちがぺちゃくちゃとおしゃべりをしているのを聞きながら、紅華はぼんやりと空を眺めていた。

あの諍《いさか》いの日から十日経っても、劉月は一度も後宮へ来ていない。

そのことに紅華は少し安堵していた。

合わせる顔がないからだ。

彼は危ういところまで追い詰められていた紅華を全力で守ってくれた。それなのに、子供っぽい我儘を言って怒らせたのだ。きっと彼は紅華に失望したのだろう。来てくれなくなったのも当然だ。

けれど。

凛麗が劉月の寵愛を受けた――。

それを思うと、紅華の胸は痛いくらいに締めつけられる。

劉月は、あの温かい声音で凛麗の名を呼んだのだろうか。彼女に口づけたのだろうか。そして、紅華はまだ知らない寵愛の続きを……。

胸にチリチリと青い炎が灯る。そして紅華の中にある、明るい感情をひとつ残らず焼き尽くすのだ。

凛麗が劉月の寵愛を受けたという話を聞いてからずっと、紅華はこの得体の知れない感情に苦しめられ続けている。

中庭でチラチラとこちらを見ながら、紅華に聞こえるくらい大きな声で噂話を続けている妃たち。彼女たちもいつかは劉月の寵愛を受ける日が来るのかもしれない……。

そんなことまで頭に浮かんで紅華は気が滅入りそうになってしまう。

部屋にいると嫌なことばかり考えてしまうから日の光に当たろうと中庭へ来たけれど、あまり意味がなかったようだ。

膝に置いた書物を持って、緩慢な動きで立ち上がり、紅華はその場を後にした。

天軸國の頂点に立つ皇帝といえどもその権力は万能ではない。国の根幹に関わる重大ないくつかの事柄に関しては、皇帝の意志のみで決めることはできず、老子院の承認を得なければならない。

　この仕組みには劉月も賛成である。皇帝とて所詮はただの人間だ。間違えることも迷うこともあるし、政に私的な感情を持ち込むことがないとも言えない。老子院がその抑止力になるというならば結構なことだ。

　だが後宮の件に関しては何回議論を重ねても両者の意見は平行線のまま。いい加減うんざりだった。

　だからこの日、朱玉の間で諸々の案件について議論を交わした後に、白柳炎から後宮の件に関して話があると言われた時、また同じ話を繰り返すのだと思った。

　だが老子院副議長の呉参陽《サンヨウ》が口にしたのは凛麗の名だった。

「……皇后に？」

　聞き返して、劉月は眉を寄せる。

　参陽が涼しい顔で頷いた。

「はい、天子様」

　劉月は素知らぬ顔をして座っている柳炎をチラリと見る。参陽は柳炎の腰巾着と揶揄《やゆ》される男だ。彼の言葉が柳炎の差し金であることは間違いない。

「老子院は全会一致で、凛麗妃様を皇后様へ推挙いたします。凛麗妃様は家柄、容姿、教養、すべてにおいて後宮でも抜きん出た存在であられます。天子様のご寵愛もお受けになられたことですし、なんの問題もございません。お早い方がよろしいかと」

劉月は舌打ちをした。参陽の言う〝ご寵愛〟が柳炎の部屋での一夜を指しているのは明白だった。

あの日明け方まで粘っていた凛麗は、空が白みはじめる頃、ようやく劉月を解放した。部屋を出ると数名の家臣と凛麗の侍女がいて、既成事実ができあがったのだ。

それについて劉月は、声高に否定することはしなかった。彼女に言われた通り、それはあまりにも凛麗に対して酷なのではないかと思うからだ。ほんのひと握りではあるが、彼女に対する幼なじみの情が劉月を思いとどまらせていた。

「…………」

参陽の進言に答えることなく劉月は不機嫌に黙り込む。皇后の選抜は本来は老子院の権限外だ。だが、皇帝への〝進言〟はどのような案件でも行ってよいことになっている。そして皇帝はあまりそれを無下にできない。

柳炎が口を開いた。

「天子様」

彼は昔も今も劉月に忠実な家臣だが、凛麗の一件では裏切られたと言わざるを得ない。もっとも、柳炎が劉月を幼い頃から後見してきたのが、娘を嫁がせるためだったとすると、先に裏切ったのは劉月かもしれない。

「天子様、天子様が楊高曹殿の娘にご執心なのは皆存じ上げております。それについてはなにも申し上げることはございません。後宮の女たちは皆、あなた様の妃ですから。どなたをどれだけご寵愛なさろうとご自由でございます。なれど……」

柳炎はそこで言葉を切って、朱玉の間にいる老子院の面々を見回した。

「皇后様となれば話は別でございましょう」

柳炎の言葉に、何人かの家臣が厳しい表情で頷いた。

「私は、複数の妃を迎えるつもりはない。それは何度も言ったはずだ」

劉月ははっきりと言った。

母は、後宮女官だった。後宮を訪れた前皇帝である父の目に留まり、妃となり劉月を産んだ。だが身分の低さ、後ろ盾のなさから後宮内に味方がおらず、いつも惨めな思いをしていた。劉月が一の皇子になる前に亡くなったのは、数々の心労がたたったのだと薬師は言った。

ひとりの男の寵を争う女たちのつらい胸の内は、嫌というほど知っている。自分の代で、それを繰り返すのはごめんだった。

「凛麗なら大丈夫でございます。あなた様が他の妃に心を傾けられましても、気にすることはございません。立派に皇后の役目を務めましょう。そのように育てて参りましたゆえ。ただほんの少し、義務として凛麗のところへも顔を出していただければそれでよろしい」

酷なことを言うと劉月は思う。あの夜、彼女がしたことを彼はどのくらい知っているのだろうか。

「そのような人生は凛麗妃にとっていいとは言えまい。後宮にいる他の妃たちにとってもだ。即位してからずっと要求している通り、私には後宮はいらない。解体して春燕妃を皇后に迎える」

「ほほう。我が娘のような者のことまで気にかけていただけるとは。相変わらず天子様はお優しい」

わざとらしい褒め言葉が忌々しい。心の中で舌打ちをして、劉月は拒絶の言葉を口にした。

「凛麗妃を皇后に迎えるつもりはない」

だが当然、柳炎は引き下がらなかった。

「天子様、ですがいくらなんでも陽高曹の娘を皇后とするのは差し障りがございましょう」

「確かに高曹は私に好意的とは言えまい。なれどそれと娘のことは別だろう」

後宮のことと政は分けて考えるようにというのも、即位以来劉月がずっと主張し続けてきたことだ。

それに柳炎が反応した。

「別ではございません！」

強い口調で言って立ち上がる。他の者もそれにならった。

「皇后様はたとえ政にお関わりになれなくとも天子様に次ぐ高い地位にございます。ご本人にその資質がなければ国は乱れましょう。常に天子様に批判的である楊高曹がそのための教育を娘に施しているとは思えません。天子様、皇后様の人選はあなた様のお心の中だけの問題ではないのです」

柳炎の言葉に、老子院全員が申し合わせたように頭を下げた。

「天子様、どうかここは国のためと思い、こらえてくださいませ」

劉月は脇息の上で拳を作る。

無論、この進言を受け入れるつもりはない。だが、それ以上なにも言えなかった。

寝室の窓を開け放ち、紅華は月を眺めていた。冷たい夜の澄んだ空気が心地よかった。青白い光に照らされながら、紅華は思いを巡らせる。

妃たちに嫌みを言われる生活はとてもつらかった。凛麗が寵愛を受けたと聞いてからはなおさらだ。でもしばらく日が経った今、別の感情が生まれるのを感じている。不思議と彼女たちに腹は立たなくなっていた。

彼女たちと自分は表裏一体の関係だ。劉月の愛を受けた自分はたまたま表となっただけ。たったひとりの皇帝のためだけにあるこの後宮で、寵がない妃の心は虚しくて寂しいもの。紅華はそれを身をもって知ったのだ。

後宮を解体すると語った、劉月の本当の思いを紅華はようやく理解する。後宮のあり方をそのままに劉月が紅華だけを愛せば、多くの妃が不幸になる。彼はそれを避けたいのだ。そしてそのように心を砕くことができる彼は、やはり皇帝に相応しい。

「劉月、会いたいわ……」

月に向かって紅華は呟く。

彼がここに来なければ、ふたりをつなぐものはなにもない。

月が想いを伝えてくれればいいのに。

すると。

「出会った時のようだ」

突然、窓の外から声がして、紅華は小さく声をあげる。月明かりのもとに劉月の影が浮かんでいた。

「紅華に出会った夜もこんな風に月が綺麗だった」

劉月はそう言って、どこか弱々しく微笑んだ。部屋着のままで、先触れもなく供の者も見当たらない。

「劉月、どうしたの？……こんな時間に」

　こんなところにひとりでいるわけを尋ねようとするけれど、なんと言っていいかわからない。彼がなんだかひどく疲れているように思えたからだ。髪が少し乱れていて、瞳の光に力がない。

「とにかく中へ入って」

　そう言うと、彼は緩慢な動きで窓を乗り越えてくる。紅華は窓を閉めた。

「部屋に入れてくれるんだな、俺は紅華にあんなことをしたのに」

　どこか投げやりな言い方もまったく彼らしくない。やはりなにかあったのだ。

「劉月」

　紅華は暗い部屋に所在なく立つ背中に呼びかける。

　劉月が口を開いた。

「俺はもともとは皇帝になることを期待されていない皇子だった。母の身分が低かったから。だが実力主義だった父は、他の兄弟と同じ教育を受けさせてくれた。才能ある者が皇帝になるのだと、小さい頃はよく言われたよ。その結果、たまたま兄弟の中で父の目に留まったのが俺だった。でも俺は皇帝になるために努力していたわけじゃなかったんだ」

　そこで彼は言葉を切り、深いため息をついてから悔しそうな声を出す。

「母上が……後宮で弱い立場だった母上が……俺が力をつけることで楽になればと思ったんだ」

はじめて聞く彼の過去の話に、紅華は言葉もないままに耳を傾ける。

「お前が皇帝になるのだと言われだしてからは、それに見合う努力をした。だが、それでも自ら皇帝の座を求めたわけではない。ただそれが自分に与えられた使命なら、それを全うしようと思っただけだ」

そこまで言って劉月がゆっくりと振り返る。月明かりが逆光になり彼の表情はわからない。劉月の影が拳を作った。

「だが俺が皇帝であることが紅華を苦しめるのなら、……皇帝であることが紅華を妻に迎えることの障害になるというのなら……。俺は……！」

「劉月!!」

紅華は彼の胸に飛び込んだ。逞しい大きな背中に手を回して、力いっぱい抱きしめた。

胸が張り裂けそうだった。彼がずっと日の当たるところを歩いているなんて、勝手に決めつけて卑屈《ひくつ》になっていた自分が情けない。彼は血の滲むような努力をして今の立場を手に入れた。しかもそれは自分のためではなく、母と国を思う気持ちからなのだ。

「紅華……」

紅華の髪に顔を埋めて、劉月がくぐもった声を出した。

「紅華、愛している。どうしてもお前だけは諦めたくない。たとえそれが皇帝としての使命から外れることになろうとも……俺はお前を離せない」

「劉月!! ふたりのことよ。ひとりで背負わないで……!」

彼が皇帝であることがふたりの将来の妨げになっていたとしても、それは彼自身のせいではない。

「私も一緒に考えるわ。それに、努力もする。今すぐには無理かもしれないけれど、劉月の奥方様としてみんなに認められるように頑張るわ。あなたが天子様でも……たとえそうじゃなくても、いつも一緒よ」

広い背中に回した腕に力を込めて、紅華は懸命に訴える。劉月も痛いほどに紅華を抱きしめてそれに応えた。

「紅華」

囁かれた声は、さっきより力が戻っていた。

心の底から紅華は願う。彼の力になりたいと。

そのために自分ももっと強くなりたい。大きなものを背負う彼を助けることができるなら、なにを引き換えにしても構わない。どんな困難も乗り越えてみせる。

あの村での求婚に頷いた時の紅華は、愛がなにかもまだわからないままだった。けれど今、ようやくその愛の正体を理解する。

紅華は彼を愛している。彼が自分を守ってくれたように、自分も彼を守りたい。

「劉月、愛してるわ」

大好きな彼の香りに顔を埋めて紅華はそう囁いた。


「老子院が凛麗妃を皇后にと推してきた。この件に関して彼らに決定権はないが、正式な採決であれば完全に無視するのも難しい」

寝台に腰掛けて劉月が難しい顔で言う。

互いの気持ちを確かめ合い、さっきよりも力が戻ったように見える彼の横顔を、紅華は隣に座り見つめている。

「老子院は柳炎の意思で動いている。冷静な男だが、此度《こたび》だけは強引に事を進める。奴らしくもない……」

長年後見を受けていた人物と意見が対立したのなら、平静でいられなくなったのも無理はない。

「劉月、私、どうしても皇后様になりたいとは思わないわ。……もちろん凛麗妃様とのことを聞いた時は心穏やかとは言えなかったけれど……それでも劉月のそばにいられるなら、私、幸せよ」

紅華を唯一の妃にしたいという劉月の気持ちは嬉しいが、紅華のことだけで彼と老子院との間に溝ができるのは申し訳ない。凛麗を皇后に迎えることが避けられないのであれば、我慢するつもりだ。

劉月が紅華の肩を掴んだ。

「凛麗妃とはなにもない」

紅華は瞬きもせずに彼を見つめた。

「確かにあの夜、俺は凛麗妃とひと晩同じ部屋で過ごした。だが……詳しくは言えないが……ただそれだけで、紅華が心配するようなことはなにもなかった」

「信じるわ」

彼の言葉に、紅華は迷わず頷いて、肩に置かれた彼の手に自らの手を重ねる。

劉月が安堵したように息を吐いた。

「彼女がなぜあそこまで皇后に執着するのか理解できないわけではない。彼女は幼い頃からそう教育されてきたんだ。今さら違う道など考えられないのだろう」

でも、それだけではないだろうと紅華は思う。

牡丹の間で彼女がふたりに送った、燃えるような視線。あれは嫉妬に他ならない。同じ気持ちを味わった今の紅華にはそれがわかる。けれど紅華はそれを口にはしなかった。

「とにかく、この間はもう来儀と会うなどと横暴なことを言ってすまなかった。紅華の言う通り、俺と一緒に会うなら構わない」

気を取り直したように劉月が言う。

その言葉に、紅華は首を横に振った。

「謝らないで、劉月。私と来儀様が一緒にいるのがよくないのは理解できるもの」

そしてそこで一旦言葉を切る。彼を見上げて、思い切ってあの話を口にした。

「その、つまり……お父様のことがあるからなのよね？」

核心をついた紅華に、劉月が一瞬言葉に詰まる。でもすぐにため息をついた。

「ああ、そうだ」

「…………」

紅華の立場が不安定だということをはっきりと劉月の口から聞いたのは、はじめてだ。本当は少し怖かった。

でも紅華は彼の力になると決めたのだ。ふたりで乗り越えようと言った。だったらこのことは、曖昧にしていていい問題ではない。

「ねぇ、劉月」

紅華は彼の服をぎゅっと握りしめた。

「私のお父様は昔から、劉月と対立しているんでしょう？　それなのに、私があなたのそばにいてもいいの？　劉月が困ったりはしない？」

紅華の率直な問いかけに、劉月が難しい表情になる。

「俺が紅華の部屋へ通うことで俺が困ることなどなにもない。だがそれよりも高曹が謀反《むほん》を起こすことを心配している。もしそうなれば、紅華の立場が危うくなる。家臣には後宮の妃と政は分けて考えろと常日頃から言っているが、皆が納得しているわけではない」

その言葉に紅華は頷いた。彼の心配は理解できる。後宮の妃が人質であることは周知の事実で、父が謀反を起こしたら自分も無事では済まないことは紅華にもわかりきったことだった。

でも。

「私だってお父様が劉月になにかしたらと思うと、心配でたまらないわ。どうにかならないの？　劉月」

眉を寄せて紅華は言う。

「劉月は天子様なんだから、お父様よりも立場は上なんでしょう？」

父が行動に移す前に、押さえ込むことはできないのだろうか。国の頂点に立つ皇帝が家臣の謀反を指をくわえて待つ必要がどこにあるというのだろう。

その紅華の疑問に、劉月は少し考えてから口を開いた。

「俺に対する敵意を隠そうとしない楊高曹については、すぐにでも宮廷から排除せよと進言する家臣がいるのは確かだ」

「やっぱり、そうした方がいいって言う人もいるのね」

「ああ、高曹が俺に不満があるのは誰の目にも明らかだからな。だが、今のところそれだけだ」

そう言って劉月は、なにかを含んだような目で紅華を見た。

「今のところはそれだけ……」

呟いて紅華は考え込む。

劉月を見ると彼はそれ以上はなにも言わずにただ紅華を見つめている。なぜか口元はわずかに微笑んでいた。その様子は、まるで学問をしていて問題を出す時のようだった。

紅華は考えを巡らせた。

「宮廷から排除する……ここは二十の部族が集まる国なのよね。その部族長を宮廷から追い出すなんてできるのかしら……」

毎夜劉月に教えてもらった国の事情をぶつぶつと口に出しておさらいする。

劉月が助け船を出してくれる。

「歴史的に例がないわけではない。部族長が皇帝に刃向かった罪で、断罪された例はある」

「そうなのね。だからお父様をそうせよと周りは劉月に言うわけね」

「ああ、高曹はまだなにかをしたわけではない。だが今のうちになにか理由をつけて追い出してしまえというわけだ。なにかもっともらしい理由をつけて」

言葉に力を込めて劉月は言う。

その瞳をジッと見つめているうちに、突然あることが閃《ひらめ》いて、紅華は「あ」と声をあげる。そして劉月を見てかぶりを振った。

「だめよ、劉月。それはよくないんじゃないかしら」

劉月がにっこりとして、先を促すように首を傾げた。

「だってお父様はまだなにもしていないんだもの！　それなのになにか適当な理由をつけて追い出すなんてよくないわ。私……この間牡丹の間で来儀様に会っていたことを皆に責められた時、すごく悔しかった。そりゃあ、褒められたことじゃなかったかもしれないけど、あの時劉月が言ってくれたみたいに後宮には、妃が他の男性と会ってはいけないなんて決まりはないんだもの。それなのに処罰されそうになったんだもの」

興奮して乱れる息を整えてから、紅華はまた言葉を続ける。

「それに私も悔しかったけど、後から話を聞いた雨雨もすごく怒っていたの。もし私があのまま後宮を追い出されていたら、紫水妃様に仕返ししていたかもしれないって言っていたくらいよ。なにもしていない人に、なにかしそうだからと言われなき罪を被せたりしたら、そこに恨みは残るわ。それは将来の禍の種になるんじゃないかしら？」

「その通りだ、紅華」

劉月が満足そうに微笑んで紅華の頭を撫でた。そして真剣な表情になる。

「皇帝に逆らう者は権力でもって排除する。今までこの国で当たり前に行われてきたことだ。だが俺の治世ではそれはしないと決めている」

劉月の言葉に耳を傾けながら、紅華は彼が牡丹の間で見せた激しい怒りを思い出していた。

彼の母は、後宮《ここ》でつらい思いをしたという。もしかしたら彼の母も紅華と同じような目にあったのではないだろうか。

「高曹は、濡れ衣を着せて排除するのではなく、なんとかして懐柔できればと考えている。俺に批判的なのは確かだが、もともとは能力の高い家臣なんだ」

劉月が出した結論に紅華は納得して頷いた。あの父が懐柔される日が来るなんてとても想像できないが、それでもその道は正しいことのように思えた。

「劉月。私もそれがいいと思う」

言葉に力を込めてそう言うと、劉月が目を細めた。

「紅華、やっぱりお前は……」

そして突然、ぐいっと引き寄せられて腕の中に閉じ込められる。そのままふたり寝台に倒れ込んだ。

「きゃっ！　な、なに!?　劉月？」

声をあげて、紅華は目を白黒させる。

劉月が紅華を抱きしめたまま、髪に口づけを落とした。

「いきなりどうしたの？」

「いや、別に。ただ、やっぱり俺の妻は紅華しかいないって思っただけだ」

そう言ってさらに紅華を強く抱いて彼はそのまま目を閉じる。

紅華も幸せな気持ちで目を閉じた。

ふたりの間に横たわる問題は山積みだ。これからどうなるのか、まったく予想がつかなかった。

でも気持ちが通じ合っていれば大丈夫。

「明日から、また毎夜来るからな」

劉月の言葉に、紅華は嬉しくなって頷いた。

「ふふ、嬉しいな。劉月が来なくて私とっても寂しかったのよ」

「そうか。寂しい思いをさせてすまなかった」

「ふふ、課題もわからないところがたくさん残ってるわ」

「……なるほど」

劉月が視察に行っている間に出された課題はやり終えたが、見てくれる人がいないからそのままになっている。彼が部屋に来なくなってからは、心が乱れて学問どころではなくなった。でも無事に仲直りをした途端、早くやりたくてたまらなくなっているから不思議だった。

「劉月、絶対に毎日来てね」

幸せな気持ちのまま紅華は目を閉じる。

「……もちろんだ」

「ふふふ、約束よ。教えてほしいことがたくさんあるわ」

「…………」

「視察で行った地方の様子も話してくれる約束よ。全然来てくれなかったんだもの。学問がまったく進まなかったじゃない」

明日が楽しみでたまらなかった。本当なら今からだって教本を持ってきたいくらいだ。でも彼の腕に抱かれて寝台に横たわっていると、急な眠気に襲われる。

「明日からは、少しの時間も無駄にしないわ……」

呟いて紅華は夢の世界へ行ってしまう。

「……やはり学問に夢中だな」

劉月のため息交じりの呟きは、紅華の耳には届かなかった。

六章　終焉の宴

劉月が再び紅華のもとを訪れるようになると、後宮内は騒がしくなった。凛麗の取り巻きたちからは嫌がらせとも取れるような仕打ちが始まったが、紅華はそれに心を惑わされることはなかった。

劉月と確かにつながっているという確信が紅華の心を強くした。

季節は春に差しかかり、日差しは日に日に暖かくなる。暖かい地方から来た紅華は、部屋にこもっていられなくなり、中庭で過ごすことが増えた。

そんなある日。

「きゃあ！」

中庭の回廊の石畳に腰を下ろして教本を開いていた紅華の耳に、誰かの悲鳴が飛び込んでくる。顔を上げてそちらを見ると、庭の中央、椅子が並んでいるあたりを陣取っている三人の妃たちが騒いでいた。どうやら服に蜘蛛《くも》がついたようだ。妃のひとりが取って取ってと泣きださんばかりだった。

紅華は書物を置いて立ち上がる。そして別の妃が手持ちの扇で今にも叩こうとしているところに割って入った。

「待って！　叩いたら潰れちゃうわ」

そう言って、紅華は服についた蜘蛛を手に載せる。そのまま花壇の方へ近づけると、蜘蛛はおとなしく逃げていった。

「あ……ありがとう」

蜘蛛がついていた妃、郭蘭《カクラン》が少し戸惑いながら礼を言う。心底ホッとした様子だが、相手が紅華だからだろう。

「ど、どうして逃すの!?」

一方で、隣にいた別の妃は声をあげた。

「殺してしまわないと。ど、毒を持っているかもしれないわよ!?」

その言葉に紅華は首を横に振った。

「あの種の蜘蛛には毒はありません。むしろ他の害虫を食べてくれますから、逃してやる方がよいのです」

そして一旦さっきいた場所へ行くと教本を手に戻ってくる。ちょうど虫の本を読んでいたところだったからだ。さっきの蜘蛛が載っているところを指し示すと妃たちは、少し驚きながらも納得して頷いた。

「本当だわ」

そして不思議そうに紅華を見る。

「春燕妃様はいつもこのように難しい本をお読みになっていらっしゃるの？　このようなもの、いったいどこで……？」

彼女たちの疑問はもっともだ。本はそもそも高価だが、教本は普通は手に入らない。

出所ははっきりさせておいた方がよいと思い、紅華は正直に答える。

「天子様にいただきました」

「え、天子様に……？」

紅華の言葉に彼女たちは目を丸くした。

一方で、背後に控えていた郭蘭付きの女官がおずおずと口を開いた。

「されど蜘蛛は巣を張るので掃除が大変になりますから、見かけたら必ず始末するようにと後宮長様から言われています。逃したのが見つかったら叱られますわ……」

紅華は彼女にも本を見せた。

「あの蜘蛛は巣を張らないのよ、ほらここにそう書いてあるわ」

女官は字が読めないのか曖昧に首を傾げている。紅華は彼女にもわかるように指で辿りながら蜘蛛の説明書きを読む。

「〝害虫を食べてくれるから、住まわせておいた方がよい〟って、この教本を書かれた老師様は仰っているわ」

その紅華の行動に郭蘭が声をあげた。

「まぁ春燕妃様は難しい字もお読みになるんですね！」

「ええ、天子様に教えていただいて……」

「ええ？　天子様に!?」

三人はまた驚いて声をあげた。

それを横目に、紅華は彼女たちの周りを飛んでいる小さな虫に気が付いて目で追う。郭蘭の髪にとまったところを払いのけた。

「駆除すべきなのはあの虫です。人の血を吸いますので疫病が流行る原因だと言われています。疫病で村がひとつなくなったこともあるそうですよ」

紅華の言葉に、妃たちは顔を見合わせて首を傾げている。そして郭蘭が口を開いた。

「あのー、もしかしてそれも天子様に……？」

「はい。ちょうど昨晩、教えていただいたところ……」

言いかけて、紅華はしまったと思い口を噤む。紅華は毎夜、劉月から寵愛を受けていることになっているのだ。それなのにこれじゃまるで、全然違うことをしているみたいではないか。

いや、その通りなのだけれど、それをそのまま話してしまうのは具合が悪い。

「えーと、あの、その……い、いつもというわけじゃないんですけど……！　あの……も、申し訳ありません……」

ごにょごにょと言い訳をして、最後は意味なく謝ってしまう。

三人は顔を見合わせてから、弾かれたように笑いだした。

「まぁ、ふふふ。そんなに慌てられなくても！」

「別に責めているわけじゃありませんわ！」

「そ、そうですね……」

紅華は真っ赤になってしまう。とはいえ、いつもみたいに嫌みを言われたりすることはなさそうだ。

紅華が安堵しかけた時。

「いったいなにを騒いでおいでです」

突然、声をかけられる。振り返ると、凛麗と彼女の取り巻きたちが立っていた。

「ここは、皆様が過ごされる場所ですよ！　そのように騒がれるのであればご自分のお部屋へお戻りになられてはいかがですか？」

凛麗が実家から連れてきたという年嵩《としかさ》の女官が高圧的に言って紅華たちを睨む。彼女は凛麗が寵愛を受けたことになってから、急に後宮内で幅を効かせるようになった人物だ。

「それにこちらは凛麗妃様のお気に入りの場所ですよ。お譲りくださいませ」

その理不尽な要求に、郭蘭たちは悔しそうに顔を見合わせている。女官の向こう側で凛麗が澄ましていた。

「気が付きませんでした。申し訳ありません」

紅華は素直に場所を譲る。無用に争うつもりはない。あとの三人も紅華に従った。

「ご寵愛を受けてからこっち、こんなことばかりだわ。まだ正式に皇后様になられたわけでもないのに……」

腹に据えかねたように郭蘭が呟いた。どうやら彼女たちは何度も同じような目にあっているようだ。その呟きを耳ざとく聞きつけた女官が、彼女を蔑むように睨んだ。

「郭蘭妃様は他の方よりも大きくていらっしゃいますから、よく目につくのです。なにか文句がおありなら、まずはお痩せになられたらいかがですか？」

その言葉に凛麗の取り巻きたちからどっと笑い声が起こる。郭蘭は真っ赤になった。

「太っていらっしゃるのは怠惰な証拠と申しますわ。天子様のために美しくあることは私たちの義務ですのに、ある意味規律違反じゃありませんこと？　ねぇ、凛麗妃様？」

別の妃が言い、郭蘭が今度は真っ青になる。規律違反と言われたら私刑の場に引きずり出されてもおかしくはないからだ。

そこへ。

「郭蘭妃様」

凛麗が口を開いた。

「規律違反とまでは申しませんわ。なれどなるべく美しくある努力は怠らないようになされまし。後宮長様に言ってお食事の量を減らされてはいかがかしら？　天子様はそれをお望みですわ」

歌うように優雅に言う。その言葉の内容に、紅華の中でなにかが弾ける。考えるより早く、言葉が口をついて出た。

「それは違うわ！」

そう言って郭蘭と凛麗の間に割って入り、郭蘭を背に凛麗と対峙する。そして凛麗とその女官を睨みつけた。

「そのようなことを天子様がお望みであるはずがありません！」

紅華は震える拳を握りしめて彼女たちに言い放つ。腹の底から沸き出る怒りの感情を抑えることができなかった。

「郭蘭妃様がふくよかでいらっしゃるのは、ご出身の地方ではふくよかな女性が美しいと言われるからです。それは天子様もご存じです！　だから天子様は郭蘭妃様に痩せろだなんて絶対に仰らないわ！」

突然怒りを爆発させた紅華に、中庭が静まりかえる。凛麗がわずかに目を細めた。女官はわなわなと手を震わせて紅華を睨んでいる。

こんなことをしたら、後で必ず仕返しをされるだろう。でもどうしても止められない。

紅華は凛麗に向かって声を荒らげる。

「そのように天子様のご意思と違うことを皆様にお伝えするべきではないわ！　それこそ、天子様に対する裏切りよ！」

女官が震える唇を開いた。

「いいいいったい、どどどどういうおつもりですか!?　凛麗妃様は皇后様になられる方なのですよ!?　正式な発表はなくとも、もう決まっていることなのです。いくら天子様のご寵愛が深い春燕妃様とてそのような口を……」

「寵愛も、身分も関係ないわ!!」

紅華は彼女に向かって言い切った。

もううんざりだ。身分の違い、寵愛の有無、それから父同士の力関係。そんなことは誰かが誰かを辱めていい理由にはならない。誰であってもそれを理由に悲しい思いをしていいはずがない。

「天子様はこのように皆がいがみ合うことなど望んではおられません！　凛麗妃様は天子様と幼なじみなのでしょう？　天子様がお優しい方だと知っているはずなのに、どうしてそのようなことを言うの？　いくら皇后様になられるとしても言っていいことと悪いことがあるわ！」

一気に言って、紅華は凛麗を睨みつける。

後宮内で妃同士がいがみ合うことこそが劉月が悲しむことなのだ。他でもない彼自身の母が長く苦しんだのだから。それなのに争いの種を蒔く凛麗に我慢がならなかった。

紅華はくるりと身体の向きを変え、足を踏み鳴らして廊下に向かって歩きだす。凛麗の取り巻きたちの罵声を背中で聞きながら、中庭を後にした。

この出来事の顛末《てんまつ》は瞬く間に後宮内に広がった。どうせまたヒソヒソ言われるのだろうと予想していた紅華だが、今回は今までと少し様子が違っていた。

紅華の部屋に妃たちが集まるようになったのだ。主に騒ぎのもとになった郭蘭と、あとのふたりの妃たちだ。

彼女たちは、毎日菓子を持って紅華の部屋へやってくる。紅華が学問をしていると一緒になって書き取りをするようになったのだ。蜘蛛のことから、地方の文化までも知っていた紅華の知識に感心して、自分たちもやってみたいのだという。

「春燕妃様、私も本当は小さい頃、本を読むのが好きだったのです。書き取りももっとしたかったのですが、女人には必要ないと父上に止められたんですわ」

郭蘭はそう言って、紅華が昔、劉月からもらった本を嬉しそうに借りて帰った。

ひとりで学問をするのもいいけれど、誰かと一緒に励むのはもっと素晴らしいことだった。もちろんそれを凛麗とその取り巻きたちがよく思うはずはないから、嫌がらせは続いたけれど、ちっとも気にはならなかった。

「調子いいみたいですね」

朝の謁見に向かうため回廊を歩いていた劉月は、秀明に声をかけられて足を止める。柔らかな日差しの中に鳥のさえずりが聞こえる気持ちのいい朝だ。

「意中のお妃様と無事に仲直りできたようですね。まったく……ゲンキンな方です。ついこの間までは死んだようなお顔をされていたのに」

秀明にからかうように言われてしまい、劉月はややバツが悪くなる。軽く咳払いをして目を逸らした。

「春燕妃様は、後宮で楽しくやっておられますよ」

諜報《ちょうほう》活動を得意とする彼にとっては後宮の事情を把握することなど朝飯前。劉月が紅華のもとへ行けるのは主に夜だけだ。昼間は目が届かない。再び紅華が諍いに巻き込まれることのないように、彼に目を光らせるように言ってあるのだ。

その彼が面白い話を持ってきたのがひと月前。紅華がひとりの妃を凛麗からかばい、大立ち回りを演じたという。

あの紅華が声を荒らげたというのだからよほど腹に据えかねたのだろう。それが人のためであったというのが彼女らしいと劉月は思う。来儀と会うなと言った劉月に異を唱えた時といい、理不尽なことには黙っていられないタチなのかもしれない。

そしてその事件をきっかけに、今まで後宮で孤立していた紅華のもとに妃たちが集まりだしたという。

「それが面白いのですよ」

秀明がくすりと笑いながら報告をする。

「後宮の妃たちの集まりといえば、茶宴を開いたり湯殿で噂話をするのが普通です。でも春燕妃様の集まりはちょっと違うと評判なのです。なんと紙束と筆を持ち寄って学問するらしいですよ」

それは劉月も知っていた。紅華から、他の妃たちのための書物や紙束を用意してくれないかと頼まれていたからだ。

この国では女人にはあまり学問は必要ないとされている。代わりに茶の作法や立居振る舞いを学ぶのだ。でも紅華のように学問をしたいと思う者がいるならば、老師を招いたあかつきには一緒に講義を受けさせてもいい。

「人が集まると派閥ができます。これは当たり前のことですが、春燕妃様は人を悪く仰らないから居心地がいいと評判ですよ。学問をしない妃からも慕われているようです」

紅華には自分が派閥を作っているという意識はないだろう。夜な夜な彼女が、嬉しそうに語るのは、誰かと共に学び語らうことの喜びだ。幼い頃に学問所に通えず友達もいなかった彼女は、今、子供時代をやり直しているのかもしれない。

「家臣の中には……特に春燕妃様と仲のよい妃たちの父親ですが、春燕妃様を皇后にという声も出はじめました」

そこで秀明は声を落とた。

「今までは凛麗妃様と白柳炎様の力が絶大すぎて誰も逆らうことができませんでした。ですが、先日の老子院の提案を劉月様が激しく拒絶されたのは皆さん知ってらっしゃいますから、寵愛の深い春燕妃様に器量があるなら、皇后様になりいただいてもいいのではないかということで」

劉月は頷いた。

風向きが変わりはじめている。

だが柳炎と凛麗がそう簡単に諦めるとも思えなかった。

「……秀明、柳炎の動向にも気をつけておいてくれ」

そう言うと、劉月は足早に朱玉の間を目指した。

柳炎の動向に気をつけなければと言った劉月だったが、後から考えると一歩遅かった。足早に向かった朱玉の間で劉月を待っていたのは奇妙な祝福だった。

「天子様、此度はおめでとうございます」

王座に座る劉月に、参陽が朗らかに言う。なんのことかわからず劉月は眉をひそめた。

「凛麗妃様、ご懐妊でございます。お世継ぎのご無事での御誕生を臣下一同、心よりお祈り申し上げます」

「懐妊……？」

劉月が困惑して呟くと、同時に部屋の隅で「馬鹿な」と言って楊高曹が立ち上がった。

「天子様」

劉月の前に、柳炎が静かに歩み出る。

「天子様、このご懐妊がご寵愛の深い春燕妃様でなかったこと、誠に残念に思います」

心にもないことを言って笑みを浮かべている柳炎を、劉月は奥歯を噛みしめて睨む。

この男は、自分と凛麗との間に起こったことを本当になにも知らないようだ。

「しかしながら、お世継ぎの誕生は天子様の使命で、この国のために必要なことでございます。どうかここはわが娘にもご祝福をくださいませ。……そしてもうひとつ」

柳炎は部屋の隅に立ち尽くす楊高曹に目を向けた。

「この晴れがましい日に似つかわしくないことを報告しなければなりません」

柳炎の言葉を合図に衛兵数人が朱玉の間になだれ込む。

「柳炎！」

「なっ……！　放せっ……！」

劉月が止める間もなく、高曹を拘束《こうそく》した。

劉月は柳炎に問いただす。

「いったいどういうことだ、柳炎。勝手なことをするとただでは済まんぞ！」

皇帝からの詰問にも柳炎は平然としている。

「衛兵！　引け！」

劉月は衛兵に向かって叫ぶが彼らは言うことを聞かなかった。おそらく衛兵のなりをしているが、柳炎の私兵なのだろう。

つまり、すべてが柳炎の仕組んだことなのだ。この時はじめて劉月は自分を後見してきたこの人物の本当の顔を見た。

「柳炎、お前、自分がなにをしているのかわかってるのか！」

「もちろん承知しております天子様。八年前の夏、楊族の領地でまだ皇子でいらっしゃった天子様が矢傷を負われた事故がございました。覚えておいでですか」

紅華と出会ったあの事故のことだ。忘れるはずがない。

「あの事故につきまして、楊高曹が関与していたという証拠が出て参りました。従って楊高曹は、天子様暗殺未遂の罪で拘束いたします」

「なに⁉」

あの事故については、はじめから高曹の陰謀説が囁かれていた。そもそもあの頃は劉月派と来儀派が一番激しく対立していていた時期で、そのようなことは日常茶飯事だったのだ。なにを今さらと劉月は思う。

だが、凛麗の懐妊と抱き合わせで報告されたことから、柳炎の魂胆《こんたん》が透けて見える。

狙いは紅華だ。

考えるより先に身体が動いた。

劉月は立ち上がり、玉座から降りる。

今すぐに後宮へ向かい、紅華を保護しなければ！

だがそれを、朱玉の間に響き渡る鋭い柳炎の言葉が止める。

「春燕妃様は！　すでに先ほど後宮からある場所へ移っていただきました」

劉月は振り返り、憎悪の目で彼を見た。

「柳炎‼　お前……！」

怒りで我を忘れそうになりながら、劉月は叫んだ。

「父親のことは彼女には関係がない！」

これほどまでに誰かに憎しみを感じたのははじめてだ。紅華の身になにかあったらと思うと胸が潰れそうだ。

「どこへやった!? 彼女を返せ！」

皆が固唾を呑んで見守る中、劉月は柳炎に詰め寄り問いただす。だが、彼は頑として頷かない。

「なりません、天子様。後宮の妃たちは家臣から天子様への忠誠の証でございます。なにかあれば処分されるのが古くからの決まり。決して例外は許されません！」

「柳炎!!」

処分などという言葉を使う柳炎に、ついに劉月は彼に掴みかかる。何人もの家臣が止めに入るが殴り倒し、柳炎の胸ぐらを掴んだ。

「言え！　柳炎！　彼女をどこへやった!?」

「天子様にお教えすることはできません。天子様は聡明であられますが春燕妃様に関しましては、公平に物事を見る力を欠いておられると存じます。正式な沙汰があるまでは、春燕妃様の身柄は私がお預かりいたします」

この瞬間、劉月は長年恩人と慕っていた人物と完全に対立することを決めた。

柳炎は、なんとしても自分の娘を皇后にしなければ気が済まないようだ。

楊高曹の娘だというだけで皇后にはなれないはずだった紅華が力をつけだしたことに焦りを感じて、排除してしまおうと動いたのだろう。

劉月は大きく息を吸うと、柳炎の胸ぐらを掴む手に力を込めた。

「父娘が一蓮托生というならばお前にもその覚悟があるのだな。娘の凛麗妃になにか不都合あらば、お前もただでは済まないと心得よ」

「もちろんでございます。天子様」

柳炎が不敵に微笑んだ。


朱玉の間を出た劉月は、すぐさま後宮へ向かう。長い回廊を抜けて辿り着いた後宮の入口に、おろおろとしている燗流がいた。

「春燕妃をどこへやった⁉」

劉月は彼にいきなり掴みかかり問いただす。

「っ……！　て、天子様⁉」

突然現れた皇帝に燗流が目を白黒させているが、構わなかった。

「そ、存じ上げません。柳炎様の私兵が突然来て連れていかれたのです。私は……」

「なぜそのような勝手な真似を許した‼　後宮の妃を守るのはお前の責任だろう！」

怒鳴りつける劉月の声に何事かと人が集まりだす。

突然紅華が連れていかれ、不穏な空気が漂う中、皇帝が怒鳴り込んできたのだ。皆青ざめて怯えていた。

「て、天子様……」

呼びかけられて振り返ると、妃のひとりが涙を溜めて震えている。確か彼女は、このところよく本を貸すのだと紅華が話している郭蘭だ。

彼女は震える声で劉月に問いかけた。

「春燕妃様は、ど、どうされたのですか？　朝食を終えたら、お部屋へお伺いする、や、約束をしていましたのに……。わ、私、し、心配で……」

言い終えるより先に、郭蘭の目から大粒の涙がこぼれだす。彼女に身を寄せるようにしている他の妃もたまらずに泣きだした。

彼女たちは心底紅華を心配している。

劉月の胸が痛んだ。

「大丈夫だ、彼女は必ず戻る。落ち着いて部屋に戻るように」

努めて冷静に、安心させるようにそう言うと、彼女たちの表情はほんの少しだけ和らいだ。

郭蘭が涙を拭いて、口を開いた。

「はい、天子様のお言葉を信じます。春燕妃様がお戻りになるまで、私いつも通り書き取りをしています」

それに、他の妃も賛同する。そして連れ立って部屋へ戻っていった。

危機迫った状況の中、劉月は感動していた。後宮という場所が変わろうとしているのだ。互いの身を心配し、助け合う場所へ——。

紅華の存在が、この国の後宮にかかった永年の呪いを解こうとしているのかもしれない。

——とはいえ諸悪の根源を断たなくては、その呪いが完全に解けることはないだろう。

劉月は足早に、凛麗の部屋を目指した。

窓掛けに覆われて日の光が入らない凛麗の部屋は、まだ午前中だというのに薄暗い。部屋に漂う甘ったるい香の香りを不快に感じながら、劉月は凛麗と対峙していた。

薄明かりの中に浮かぶ凛麗は妖艶《ようえん》な空気をまとい、空恐ろしいほどに美しい。だが以前は確かにあった清廉《せいれん》さが、跡形もなく消え失せていた。

「どういうことだ？」

劉月は静かに尋ねる。

それが懐妊のことを言っているのだとわからぬはずはないのに、凛麗はゆらりと首を傾げただけだった。

劉月は舌打ちをした。

「お前が俺の子を孕むはずもない。もし本当にその身体に子がいるというならば、不義密通罪だ。お前とて命はないぞ」

だが凛麗は動じない。

「もちろんこの身体は天子様のものにございます。誰にも触らせておりませんわ」

にっこりと笑う彼女が、いったいなにを考えているのか皆目見当もつかなくて、劉月をこれ以上ないくらいの不快感が襲う。幼なじみとしての情が綺麗さっぱり消え失せるのを感じながら、劉月は冷たく言い放つ。

「では今すぐに懐妊はお前の狂言だと公表する。どちらにせよ、処分は免れない。覚悟しろ」

どのみち彼女の懐妊が狂言だと露呈するのは時間の問題だ。それなのに凛麗は不気味な笑みを浮かべたままだった。

「天子様はそんなことなさいませんわ」

夢でも見ているかのように、歌うように言う。

劉月はため息をついた。

「なにを言う。こうなったからにはもうお前の名誉などどうでも……」

「春燕妃様は、私の父がお預かりしております」

甘ったるい声で不穏なことを言い放つ凛麗に、劉月は自分の耳を疑った。

女性として愛する気持ちは持てなくとも親しい友人として、時に兄妹のような気持ちさえ抱いたことがある相手が、今、劉月を脅迫している。懐妊が狂言であると公表すれば、紅華はただでは済まないと。

「天子様、天子様は懐妊のこと、公表できません。そしてそれを事実にするお手伝いをしていただきます……今ここで」

そう言って凛麗は、おもむろに羽織り物を脱ぐ。甘ったるい香りが濃くなって、劉月は吐き気がするような嫌悪感に襲われる。

「天子様、天子様は断れませんわよね。大切な春燕妃様のためにも」

凛麗が劉月に滑るように近寄って、肩に手をかけてゆっくりと身体に腕を回す。

すぐにでも突き飛ばしたいくらいだが、紅華の身の安全には代えられないと自分自身に言い聞かせ、劉月はそれをなんとかこらえる。

脳裏に紅華の笑顔が浮かんだ。

一度大きく息を吸ってゆっくり吐くと、絡みつくように身を寄せている凛麗の顎に手を当てた。上を向かせ彼女の瞳を覗き込んだ。

黒曜石と褒め称えられた彼女の黒い瞳は、灰色かと見まごうほどに濁っている。

「お前の気持ちはよくわかった。凛麗妃」

劉月は静かに言った。

「俺の負けだ。お前の願いを叶えてやる」

凛麗の目にみるみるうちに涙が浮かび、頬を伝う。それを憐《あわ》れだと思う感情はもはや劉月の心には残っていない。

目を閉じて、紅華を再びこの腕に抱くためにはどうしても必要なのだと、自分自身に言い聞かせる。

彼女の頬に手をやるとまるで血のように真っ赤な唇に、口づけた。

凛麗との口づけは砂のような味がした。

衝動的に突き飛ばしたくなるが、なんとか抑えて劉月は口づけを解く。そして彼女を抱きしめた。

うっとりと凛麗が劉月にもたれかかる。

「今夜、ここへ来る。準備して待っていろ」

劉月が凛麗の耳に囁くと、彼女は夢から覚めたようにハッとして首を振った。

「なりません！　天子様、今……今！」

劉月は全神経を集中してにっこりと微笑んだ。

「今はならぬ、凛麗。私は皇帝だ。これから政務がある」

「あ……」

声を漏らす凛麗の頬に劉月は口づけを落として耳元で囁いた。

「凛麗妃は皇后になってくれるのだろう？　よもや皇帝の政務の邪魔はすまいな？　おとなしく待ってくれるならば、今宵は懐妊の前祝いの宴を開こう。その後ここへ来る。……待てるな？　凛麗妃」

凛麗が頬を真っ赤に染めて、嬉しそうに目を輝かせる。そして、うっとりと劉月を見つめて素直に頷いた。

「はい！　はい……天子様、お待ちしております！」


「秀明！　期限は日没だ」

劉月は自分の宮へ戻ると、待ち構えていた秀明に手短に凛麗とのやりとりを話す。

「宴が終わるまでに紅華を救い出せ。遠くには行っていない。柳炎の息がかかった場所にいるはずだ」

そう言って宮廷付近の見取り図を広げる。

「すでに潜り込ませてあった者の報告からすると、やはり白族の屋敷が怪しいようです。黒い荷車が裏口から入っていくのを何人もの使用人が目撃しています。しかしあの屋敷は護りが固いですからね……」

秀明が舌打ちした。

「潜り込むのはお前の十八番だろう？　どうしても無理なら俺が行って無理矢理開け

させる」

「なりません！」

秀明が血相を変える。

「皇帝が家臣の屋敷に乗り込むなど!!　下手をすると内戦が起きます。それにそこまでして救出に失敗すれば、間違いなく春燕妃様のお命はないでしょう」

「じゃあ、どうするんだ!!」

どちらにせよ助けだせなければ高曹と共に処分される。この状況では紅華に対しても重い罰が下るのは免れないだろう。

秀明が見取り図を睨みながら爪を噛んだ。

「白柳炎の屋敷は広いですから、入ってから探していたのでは見つける前に捕まる可能性が高いのです。せめてだいたいの位置でもわかっていれば、そこを目指して潜入することで勝算があるのですが……」

「だいたいの位置……」

劉月は呟いた。

見取り図を睨みながら、考えを巡らせる。

なんとしても紅華を救わなければ。

自分が皇帝であるばかりに彼女はしなくてもいい苦労ばかりしている。

後宮で蔑まれつらい思いをしたこと。

私刑の場に引きずり出され、処罰されそうになったこと。

前回はなんとか間に合ったが……。

と、そこで、劉月の胸がこつんと鳴った。

そうだ、前回はなんとか間に合った。あれは……。

劉月は声を張り上げた。

「楽楽だ！」

グワァーという鳥の鳴き声を聞いた気がして、薄暗い部屋の寝台にひとり腰掛けていた紅華は顔を上げる。

ここに連れてこられてどのくらい時間が経ったのか、今何時なのか、それさえもわからなかった。

今朝、朝食を終えた紅華の部屋に、衛兵がなだれ込むように入ってきた。必死に抗議する雨雨をなだめてなんとか聞きだせたのは、皇帝に対する反逆罪で父が拘束されたこと。それに伴い、紅華も拘束を受けるということだった。

恐れていたことが現実のものとなったのだ。父が劉月に対して刃を向けたのなら、紅華は無事では済まない。

でも真っ黒な布に覆われた荷車に乗せられて連れてこられたこの部屋で冷静になってみると、違和感を覚えることがいくつかあった。

まず、まがりなりにも後宮の妃の身柄を置くのなら宮廷内の施設を使うはずだ。それなのにここは誰かの私邸のようだ。見張りが兵というよりは召使いのようだからだ。

それから、紅華が連れていかれる際に燗流が慌てて駆けつけたのも不可解だった。いくらなんでも後宮長にあらかじめ知らせをやらずに、妃を連れ去るなどということがあるだろうか。

紅華がここに来てから誰からもちゃんとした説明をしてもらえていないことも気持ち悪かった。

父が劉月に謀反を起こしたというのであれば、紅華が拘束を受けるのは仕方がない。けれどそれならば少なくとも劉月はちゃんと説明してくれるはずだ。彼が紅華をこの薄暗い部屋に押し込めたまま放置するなどあり得ない。

で、あるならば。

自分が受けたこの処置は彼の預かり知らぬことなのではないだろうか。

もしかしたらなんらかの陰謀に巻き込まれたのかもしれない。

もう一度、グワーという声を聞いて、紅華は窓際に近寄る。鉄格子こそついていないものの外には見張りがいるであろう小さな窓からは、鬱蒼《うっそう》とした木々に阻まれて空はほとんど見えなかった。

窓を開けて外を見ると、案の定、見張りと思しき男から声をかけられる。

「お嬢様、いかがいたしました？」

「少し息苦しく感じまして、外の空気を吸おうと思いましたの。いけなかったかしら？」

なるべく可憐に聞こえるよう紅華は答える。見張りの男は顔を赤くして、「いやそれくらいなら大丈夫です」と言う。

紅華は男に微笑みかけて、再び空を見上げた。目を凝らすと木々の間に鮮やかな羽が見える。紅華が腕を高く上げると、グワァーと鳴き声をあげながらオウムが降りてきた。

「ル……」

楽楽と呼びかけそうになり慌てて口を噤む。見張りの男が驚いて紅華と楽楽を見ていた。

「と、とっても美しい鳥ですわね。なんの鳥かご存じ？」

そう言ってゆったりと微笑みかけると、彼はあたふたとして答える。

「あ、いやっ…！　自分は無作法者ですので…！」

その彼に見つからないように、紅華は楽楽の足に劉月からもらった瑠璃の腕飾をくくりつける。そして不思議そうに首を傾げる楽楽をひと撫でると、再び空に放った。

以前、私刑の場に引きずり出された紅華の窮地を、楽楽が劉月に知らせてくれたことが頭に浮かんだ。紅華の部屋にいるはずの楽楽がここへ来られたということは誰かが籠から出したからだろう。

劉月が自分を探している、そんな気がした。

「私もあんな風に飛んでいけたらいいのに……」

呟いて静かに窓を閉めた。

今度は床に座り寝台にもたれかかる。時間が経つにつれて部屋は暗くなっていった。一度食事が運び込まれたが、それ以外は誰も来ない。闇がそこまで迫ってくるように感じて紅華は膝を抱えてうずくまった。

このまま誰かに消されてしまうのだろうか。それとも父が謀反を起こしたことで一緒に断罪されるのだろうか。

どちらにしても、最期に一目でいいから劉月に会いたい。

目を閉じてそう願った時、コンコンという音が聞こえた気がして紅華は顔を上げる。もうほとんど真っ暗な窓をジッと見つめていると、もう一度コンコンと鳴る。

紅華は恐る恐る窓に近づき、そっと開けて小さく声をあげる。見知らぬ若い男が立っていた。先ほどの見張りの男が彼の足下で気を失っている。

「楊紅華様ですね」

限られた者しか知らないはずの紅華の名をにこやかに口にして、男は紅華に腕飾を見せる。先ほど楽楽に結びつけた瑠璃の腕飾だ。劉月の指輪が結びつけてあった。

助けが来たのだ。

「安全な場所まであなたをお連れしましたら私は劉月様のところへ参ります。一刻も早くあなたの無事を知らせなくては」

呉秀明と名乗ったその男と共に、闇に紛れて紅華は屋敷を出口へ向かって進む。囚われていたのは柳炎の屋敷だという。

途中何度か見つかりそうになったが、そのたびに彼はなにか液体が入った瓶を相手に嗅がせる。すると、皆すぐに眠ってしまうのだ。

そうしてなんとか屋敷抜け出して、ふたりは夜の街を足早に宮廷を目指す。

「天子様はどこにいらっしゃるのですか？」

息を弾ませながら紅華は尋ねる。

楽楽は劉月のもとへ飛んだはずなのに、彼の姿がなくて不安だった。もしかして劉月の身にもなにか起きたのだろうか。

「宮廷です。今は白柳炎主催の宴に出られています」

「宴？」

「そうです。凛麗妃様ご懐妊のお祝いの宴です」

「懐妊……？」

紅華は息を呑む。

いったい自分の知らないところでなにが起きているのだろう。

秀明がことの経緯を説明する。

「今朝の謁見で柳炎より、凛麗妃ご懐妊の報告がありました。それと同時に楊高曹が拘束されたのです。八年前、南天で起きた劉月様暗殺未遂の罪で」

「八年前の？」

「そうです。八年も前の事件の証拠が今頃出てきたと言いますが、おそらく本当の狙いはあなたでしょう。楊高曹は劉月様にとっては目の上のたんこぶですが、柳炎にしてみれば気に留める必要もない存在です。家臣の間での力関係は柳炎の方が上ですから。でも娘のあなたが、劉月様の寵愛を受けているとあらば話は別。過去の疑惑を利用して父娘ごと排除しようと考えたのでしょう」

邪魔な存在を濡れ衣を着せて排除する。この国で昔から行われてきたことだという話を紅華は思い出した。

「もちろん劉月様はお止めになられましたが、柳炎が衛兵の中に密かに私兵を紛れさせていたようで、どうにもなりませんでした。さらにはあなたの身柄まで押さえられて、身動きがとれなくなってしまったのです。そしてそれを盾に本当の妃にしろと凛麗妃に関係を迫られています」

それを聞いて紅華は泣きたい気持ちになる。そこまでして劉月を手に入れようとする凛麗が痛々しくてつらかった。純粋に劉月を愛しているだけなら、そんなことをして彼を手に入れても意味がないはずだ。

幼い頃より皇后となるための教育を受けてきたという凛麗。紅華が偽りの名で後宮にあがるしかなかったように、彼女にも他に道はなかったのだろう。

父娘は一蓮托生という慣わしがあるこの国で……。

紅華の脳裏に、父高曹の顔が浮かんだ。

「……あの、父上はどうなったのですか？」

秀明は苦虫を噛み潰したような顔になった。

「一度拘束されましたが、その後姿を消しました」

「姿を消した……？」

「楊高曹は若い頃は諜報活動を得意とする家臣でした。柳炎の拘束から抜け出すくらいはお手の物です」

意外な父の過去に、紅華は驚きを隠せない。けれどそういえば来儀が、後宮にいた彼の母親に父は頻繁に会いに来ていたと言っていた。いくら従兄弟同士とはいえ、後宮はそうしょっちゅう訪れることが叶う場所でもない。おそらくは非公式に訪れていたのだろう。

「高曹は劉月様にとって危険な男ですが愚かではありません。皇帝の地位を盤石にしつつある今の劉月様をむやみやたらと狙うことはないはずですが……」

秀明はそこで言葉を切る。そして苦しげに言葉を続けた。

「断罪されるくらいならと早まった行動に出ないとも限りません。劉月様の身辺は厳重に警備させていますが、私が離れている間に高曹に狙われたら危険です」

紅華は心配で胸が潰れそうになる。彼になにかあったら、自分は生きていけそうにない。

「秀明様！　私も天子様のところへ行きます！」

「な、なりません。それは……」

「お願い！　彼になにかあったら私生きていけないわ！」

「ですが……！」

秀明は頷かない。だが紅華もおとなしく引き下がりはしなかった。彼の命を狙うのは他でもない紅華の父なのだ。自分だけ安全な場所で待っているなんてできるわけがない。

「……とにかく、急ごう！」

ふたり夜の街を抜けると、小高い丘にそびえ立つ宮廷が見えてきた。

白柳炎主催の宴は、宵の口から後宮の龍玉の間で執り行われた。急ごしらえとは思えないくらい盛大に盛られた馳走を前に妃たち、主だった家臣が顔をそろえ、楽師が奏でる軽快な音楽に耳を傾けている。

その中央に設けられた玉座に劉月は座っている。隣には天女のように着飾りどこか夢を見ているような表情の凛麗がいる。

当初『ただならぬ身ゆえ、体調をみて出席する』と言っていた彼女だが、なにかあるはずもなく堂々と劉月の隣を陣取っている。

入れ代わり立ち代わり述べられる家臣の祝いの口上を受けながら、劉月は凛麗の向こう側にいる白柳炎を盗み見た。

劉月がどんなに要求しても彼は紅華を渡さなかった。娘可愛さだけではないだろうその行動は、今までの劉月の彼に対する信頼を裏切るには十分だった。

「凛麗妃様、お加減はいかがでしょうか。無理なさらないでくださいね」

凛麗の背後に控える年嵩の女官がわざとらしく彼女に声をかけている。それを劉月は忌々しい気持ちで聞いていた。

だが確かに、凛麗の顔色はよくない。彼女に裏切られたこともまた、劉月にとっては痛手だった。

彼女はもともとは控えめな性格だった。まだお互いに幼かった頃、白柳炎の屋敷を訪れた劉月を、彼女は父親の陰に隠れるようにして迎えたものだ。母はすでに亡く、身よりもいない劉月にとっては、宮廷においてもっとも信頼できる人たちだと思っていたのに。

劉月には、彼女を変えてしまったものの正体が自分への愛だけだとはどうしても思えなかった。

凛麗が劉月をうっとりと見つめて微笑んでいる。劉月も無理矢理に笑みを作って彼女に応えた。傍から見れば仲睦まじい夫婦に見えるのだろう。

「なんだか暑いですわね。私、少し気分が優れませんわ」

凛麗がそばにいる女官に囁いた。女官は「まぁ」と大袈裟に言って、すぐさま柳炎に報告する。途中退席の許可を得に行ったのだろう。案の定、柳炎が立ち上がり、招待客に向かって声を張り上げた。

「皆様、今宵はお越しいただきましてまことにありがとうございます。お楽しみのところ大変申し訳ございませぬが凛麗は本日はこれにて失礼させていただきます。なにぶんただならぬ身の上ですのでご容赦くださいませ」

凛麗が優雅に立ち上がり、劉月に意味深な流し目を残して出口へ向かう。忌々しい気持ちでそれを見ていた劉月は、彼女の背後の天幕が不自然に揺れた気がして目を凝らした。

翡翠色の大きな布が風もないのにふわりと動く。

「後ろだ!!」

考えるより先に立ち上がり、劉月は叫んだ。

その直後、天幕から突然男が現れて、凛麗の背後を取る。

「あああ! 凛麗妃様!」

女官の悲鳴が会場中に響き渡り、場が騒然となる。男に短剣を突き立てられて、凛麗は声も出せずに震えていた。

「皆、下がれ!!」

劉月は剣を抜き、騒いでいる妃たちと家臣をかばうように背にして、凛麗をはがいじめにしている紅い髪の男と対峙する。

楊高曹だ。

「衛兵! 衛兵! 奴を捕らえろ!」

柳炎が叫ぶ。しかし凛麗を人質に取られて、迂闊に近寄ることができないでいる。

「来るな!」

劉月は衛兵を下がらせると剣を手に一歩前へ進み出た。高曹の狙いが凛麗ではなく自分だということは明白だ。

高曹はいつもと違っていた。普段の余裕はどこにもなく、暗い瞳の中に怪しい光を湛《たた》えている。刺し違えてでも目的を達成するという殺気をまとっていた。

劉月のこめかみから冷たい汗が伝い落ちた。その場にいるすべての者が固唾を呑んで見守る中、劉月は慎重に口を開く。

「高曹、どういうつもりだ」

高曹が薄く笑ってそれに答える。

「どういうつもり……ですか。今さらでしょう天子様。私のあなたに対する気持ちは十分すぎるほどおわかりのはず」

「お前の狙いは私だ、彼女は関係ないだろう。……彼女を放せ」

劉月はただひとり、高曹との距離を詰めてゆく。

「て、天子様……」

凛麗がすがるように劉月を呼んだ。

その様子を、高曹が嘲笑《ちょうしょう》する。

「さすがですな、天子様。危険を顧みず、愛しい妃を救わんとする……か。ご立派なことだ」

それを無視して劉月はもう一歩近寄った。

「そなたが、私のことを気に入らないのは知っている。だがここまでしてなんとなる? 私の命を奪ったところで、もはやお前の命もないだろう。刺し違えてまで私の命を狙うわけを教えてくれ」

劉月からの問いかけに、高曹は目を細める。そしてしばらく沈黙してから一度大きく息を吸って低い声を出した。

「あなたが……憎いからだ」

そしてそのまま哀しい唄を歌うように話しはじめた。

「……あの方は……あの方はあなたが産まれたことをひどく嘆いておられた。先の天子様は、卑しい身分の女と卑しい腹から生まれたあなたばかりを可愛がり、あの方と正統な皇子であるはずの来儀様を顧みることがなかったから」

掠れた声で語られる昔話に、劉月は耳を疑った。〝あの方〟とは先の皇后のことだろうか。と、いうことは……?

「そなたは……先の皇后様を……?」

その先はたとえ劉月でも口にすることができない。

劉月からの問いかけを無視して、高曹がまた口を開いた。

「あの方は先の天子様を心からお慕いされていらっしゃった。だからこそ! その悲しみは海のように深く、憎しみは燃える炎のように熱く胸を焼き尽くした。あなたさえ生まれなければ、あのような卑しい女などすぐに飽きて捨てられていたはずなのに」

高曹はそこで言葉を切って、劉月に憎悪の目を向ける。

「わかるか劉月帝、あなたは存在そのものが罪なのだ。だからあの方は亡くなる時に私に呪いをかけた。必ずやあなたを殺すようにと。そして私はその呪いを喜んで受けた」

静まり返った龍玉の間に、高曹の荒い息遣いだけが響いている。

「私はなんとしてもあなたの血を流さねばならない。もしそれを諦めたら私はあの方を永遠に失ってしまう……。それだけは、どうしても避けねばならぬのだ！」

権力だけに固執する狡猾で冷血な男だと思っていた楊高曹の血を吐くような告白に、劉月は衝撃を受け、言葉を失っていた。

この男は生涯、ひとりの女性だけを愛し、他のものはすべて切り捨てるという人生を送ってきたのだ。

自らの妻も子も。……それから、おそらく自分をも。

そんな男を説得するのは、もはや不可能のことのように思える。

――その時。

「お父上様!!」

緊迫したその場を切り裂くように、誰かの叫び声が響き渡る。劉月はそれを信じられない思いで聞いた。

一同が注目する中、楊高曹の背後、天幕をめくり現れたのは紅華だった。


「お父上様!!」

紅華は隠れていた深緑色の天幕から広間に出ると、父の背中に呼びかけた。振り返る父と凛麗の先には愛おしい男性《ひと》、劉月が驚愕の表情で自分を見つめていた。

「なにをしている! 下がれ!」

こんな風に激昂する彼を見るのはつらい。でも引くわけにはいかなかった。親子の情はなくとも父は父なのだという思いに、紅華は突き動かされている。

本当のところ紅華は、さっき天幕の裏で聞いた父の話に胸を打たれていた。はじめて自分と父との間に相通ずるものを見つけたような気がしたからだ。

冷血で残酷な父も誰かを愛し、一途に想い続ける心があったのだと。でもそれが呪いとなって、彼を大罪へと導くのであれば、その呪いを解くのは娘である自分の役目だと感じている。

関係のない凛麗を巻き込むことも、劉月の命を奪わせることも絶対に許されない。

「お父上様、凛麗妃様をお放しください。……人質なら私がなります」

紅華は父を見つめて静かに言う。

「だめだ！　やめろ!!」

劉月が目を剥いて叫んだ。

「私が代わりにそちらに行きます。凜麗妃様をお放しください」

父はわずかに眉を上げて紅華を見ている。その表情からはなにも窺いしれなかった。

「やめろ！」

血相を変えて紅華を睨む劉月を横目に、紅華は父に向かって微笑んだ。

「ほら、見てください、お父上様。天子様のご寵愛は私の方が遥かに上、人質は私の方がぴったりです」

「だめだ!!　高曹！　狙いは私だろう！　私が相手をする、彼女たちは関係ない!!」

なんとかして止めようとする劉月に負けないように紅華は声を張り上げる。

「お父上様！　凜麗妃様は天子様に愛されてはいないわ！」

そこで、父がようやく口を開いた。

「しかし、奴の子を宿したのはお前ではなくこの女だ」

その言葉に、紅華は息を呑む。「あ」という声が凜麗の口から漏れた。

高曹が忌々しげに紅華を睨んでいる。

「奴の子を孕んだのがお前であれば、もっとことは簡単だったのだ。お前などいつでも容易く消してしまえるからな。本来ならこの女を殺すことになんの意味もない。だが奴の子がいるとなれば話は別だ。どうしても殺さねばならない」

高曹の目的を知って、凛麗が「ひっ」と声をあげて顔を真っ白にしている。

父が短剣を握り直しているのを見て、紅華は血の気が引いていくのを感じていた。

父の目的が彼女自身なら、絶対絶命の状況だ。

「お、お父上様……」

なにか言わなくてはと思うけれど、次の言葉が出てこない。

高曹が劉月に視線を送った。

「劉月帝、あなたの側近の呉秀明はずば抜けて優秀だ。奴の鉄壁の守りを私はついぞ崩すことができなかった。このまま私が死ねば、あの方は私を許さないだろう……黄泉《よみ》の国で私を見てもくださらぬだろう。だからせめて……忌まわしき劉月帝の血を引く子を道連れにする。そうしたらもしかしたら……あの方に笑いかけてもらえるかもしれん」

最後はどこか夢を見るように言って、憎々しげに凛麗の腹を睨むとゆっくりと刃を振り上げた。

「お父上様！」

「高曹!!」

紅華の声に、劉月の叫びが重なって、一歩遅れて凛麗の「ひー」という糸を引くような声が響く。短剣が広間の灯りにきらりと光った、その時。

「お待ちください!!」

聴衆の中から声をあげる者がいた。

高曹が剣を振り上げたまま、視線を彷徨わせている。事態を見守る人の中からふらふらと高曹に向かって進み出たのは、いつも凛麗のそばにいる年嵩の女官だった。

「凛麗妃様は……」

言いながら、女官は高曹の足元でひれ伏した。

「凛麗妃様は……！」

皆が唖然として見守る中、それにいち早く反応したのは凛麗だった。

「だ、だめ……」

ふるふると首を振って、女官を弱々しく止めようとする。

「やめて、言わないで」

ふたりのやりとりに、高曹が訝しむように目を細めた。

「言わないで！　お願い！」

だが女官は平伏したままその言葉を口した。

「凛麗妃様は天子様のお子を宿してはおられません!!」

「嫌――!!」

突然暴かれた事実に、凜麗の悲痛な叫び声が重なる。場がしんと静まり返る中、その静寂を破り声をあげる人物がいた。

「凜麗!! どういうことだ!?」

その人物は、彼女が殺されかけているのを忘れたように問い詰める。

「懐妊したと言っておったであろう!」

顔を真っ赤にして怒鳴りつけるその人物が、彼女の父親なのだろう。凜麗は父親からの叱責に目を閉じて震えている。青ざめた唇はどんな言葉も紡げないようだった。

代わりに女官が柳炎に向き直った。

「凜麗様は、ご、ご懐妊されてはいらっしゃいません。て、天子様のこ、皇后様に、な、なるために、……う、嘘を……!」

そして今度は高曹に向かって懇願する。

「で、でですから、凜麗妃様をこ、殺すひ、必要はないはずです。どうか凜麗妃様をお放しくださいませ!」

恐怖に慄き、つっかえながら、必死に訴えかけている。

「……しかし、寵愛を受けたというのであれば可能性がないわけでも……」

さすがの高曹もどうしていいかわからないようだ。思ってもみなかった事実に、困惑して呟いている。

そこへ女官が畳みかける。

「凛麗妃様はご寵愛はお受けになっておられません！　なにもかも狂言でございます！　凛麗妃様はどうしても皇后様になりたかった……ただそれだけなのです！　どうか、どうか、お命は……」

「や、やめて！　やめて！　や……やめて……」

凛麗が泣き叫ぶ。そして驚きで動きを止めた高曹の腕から崩れ落ち、そのまま床にうずくまった。

取り乱し泣き続ける凛麗に、誰もが女官の言葉を真実だと確信する。

とても見ていられなくて紅華は目を閉じた。

後宮の妃たちの頂点に立ち、悠然と微笑んでいた凛麗。彼女の嘘は、決して彼女のだけのせいではない。

父親との関係に振り回され追い詰められ、悲劇的な道を突き進むしかなかった彼女が、自分自身と重なった。

「凛麗」

柳炎が唸《うな》るような声を出した。

「お前のような娘など……いらん」

父親からの非情な言葉に凛麗は両手で顔を覆ったまま反応しない。なにもかも諦めているのだろう。

「衛兵！　凛麗はどうなっても構わん！　楊高曹を捕らえるのだ!!」

柳炎が衛兵に向かって指示をする。

「だめだ！　やめろ、柳炎!!」

それを劉月が止めようとする。

「くそっ!!」

高曹がそう吐き捨てて、短剣を持つ手を振り上げた。

それを見つめる紅華は反射的に床を蹴り、父に向かって飛び出してゆく。

頭は真っ白だった。なにを考え、なにを思ったのか自分でもわからない。ただ胸の中にあったのは劉月を守りたいという思いだけ。

高曹が劉月に向かって短剣を投げる。刃は美しい弧を描いて劉月へと飛ぶ。

「だめー!!」

父に向かって声をあげる紅華の背中にドスンと衝撃が走る。その衝撃から一足遅れて、焼けるような熱が広がった。

背中に父が投げた刃を受けて紅華はその場に倒れ込む。

「紅華!!」

愛しい人の怒号に、紅華はこれ以上ないくらいに安堵する。

あぁ、彼を守ることができた。

「紅華！　どうして出てきた！　しっかりしろ!!」

床に伏せた紅華は劉月に抱き上げられる。覗き込む彼の顔が、宴の煌びやかな照明に浮かび上がり、滲んだ。

怒号が飛び交い騒然となる中、紅華には彼の声だけがはっきりと聞こえる。でもそれも背中に広がる痛みと共に遠ざかる。

伝えなくてはと紅華は思う。

あなたは私のすべてだと。

けれどその言葉を紡ぐ力は紅華にはもう残されていなかった。

唇を開くことはできないままに、紅華の意識は真っ黒な闇に閉ざされた。


歴代皇帝の中でも、賢帝と名高い劉月帝。彼の治世は安定し、民は幸せに暮らせたと言われている。

だがその治世の始まりは、決して順調だったとは言えない。

宮廷の古い体制を改革せんとする彼に対抗する勢力も少なからず存在した。

そのひとつがのちに楊高曹事件と言われる出来事である。家臣である楊高曹が謀反を起こしたこの事件の犠牲者は、ただひとり。楊高曹の娘であり、劉月帝の寵姫であった楊春燕妃だけだった。

その身を投げ出して劉月帝の命を救った春燕妃の亡骸《なきがら》は、皇族の菩提寺《ぼだいじ》である大寺院に祀《まつ》られた。暗殺者の娘としては異例の措置だった。

そして事件から一年が過ぎた。

終章

天軸國の都は、天軸山脈と呼ばれる山々に囲まれた盆地に位置している。街は宮廷を中心に丸く円を描くように広がっていて、その東側山脈の麓《ふもと》に歴代皇帝が葬られている大寺院がある。毎年皇帝が夏に五穀豊穣の祈りを捧げる舞台だ。

その墓地群の端に真新しい小さな墓がひとつ。紅華はそこへ毎日欠かさず花を捧げている。花を捧げ座り込み、手を合わせて目を閉じる。

「紅華」

名を呼ばれて振り返ると、愛おしい男性《ひと》がそこにいた。

「劉月！」

彼は砂利を踏みながら紅華のもとへやってくる。

「ずいぶんと熱心に手を合わせているじゃないか」

その言葉に、紅華は頬を染めて頷いた。

「春燕様に会ったことはないけれど私のお姉様なんだもの。……ひっそりと生きていらしたのに、私のせいで大騒ぎして亡くなったことになってしまったから、怒っていらっしゃらないかしら、と思って」

「なるほど、言い訳をしていたのか」

紅華はくすくすと笑いながらもう一度頷いた。

一年前の事件後、父高曹は捕まり、ほどなくして大罪人として処刑された。

姉の墓に手を合わせる時、紅華の頭には父のことも思い浮かぶ。父は生涯の望みであった劉月帝暗殺の邪魔をした紅華を恨んでいるだろう。紅華とて、劉月を殺そうとした父のことは許せない。だがもはや亡くなった今となっては、ただ父があの呪いから解き放たれて、ひたすらにその御霊が安らかであるようにと願っていた。

事件の後、宮廷は大騒ぎになった。なにしろ皇帝の暗殺未遂事件に加えて、皇后候補であった凛麗の懐妊が狂言であったことが発覚したのだ。

後宮にいる娘と家臣である父親は一蓮托生であると豪語した白柳炎はその責任を取り老子院を辞して、当主の座を息子へ譲り隠居した。

凛麗は事件の後、白家の領地に戻された。皇帝を謀《はか》った罪は重い。本来なら無事では済まないところだが、生涯領地からは出ないという取り決めにより、なんとか死罪は免れた。

ずいぶん後になってからそれを聞かされた紅華は、心から安堵した。領地どころか預けられている寺院からも生涯出ることは叶わないという話だが、それでも命さえあればいつか彼女の心が救われる日が来るかもしれない。

そうして後宮は解体され、家臣たちが人質として娘を差し出すというこの国の呪われた後宮制度はなくなった。

劉月をかばい、父の刃を背中に受けた紅華は、瀕死の重傷を負った。一時は生死を彷徨ったが、なんとか一命をとりとめた。

以来、秘密裏に移されたここ大寺院でひっそりと暮らしている。〝春燕妃は死亡した〟と劉月が発表したからだ。

彼は寵姫を亡くし悲しみに暮れる皇帝として一日に一度は、大寺院にある春燕妃の墓を訪れることになっている。

もちろん、紅華に会うためだ。

事件から一年、劉月が独身を貫いていることについて、時々ここへやってくる呉秀明の話では、寵姫を失った天子様の心の傷はまだ癒えないと民は噂し、ひどく同情しているという。

でもまもなくそんな日々は終わりを迎える。

つい最近、春燕妃の墓を訪れた皇帝は、寺院で下働きをしている女人と出会った。その女人――紅華は、皇帝の亡くなった寵姫と同じ髪色、同じ背格好、面影も驚くほど似ている。ふたりは一目で恋に落ち、皇帝の独身生活は終わりを告げる……というのが、秀明の考えた筋書きだ。

紅華はもうすぐしたら、劉月の新しい妃として彼の宮へ入ることになっている。

「お陰で俺は、紅い髪の女性が大好きな皇帝として名を残しそうだ。宮廷の者たちにも散々からかわれて、参ったよ……」

劉月が頭をかいている。その様子に紅華は思わず噴き出した。

「紅い髪好きの皇帝陛下ね！　ふふふ、おかしい……！　歴代の天子様の中に、そんな方いたかしら？　今度老師様に聞いてみよっと」

劉月が老師を大寺院へ招いてくれて、紅華はこの一年、学問を続けている。

「ふふふ、紅い髪好きの天子様か。確かお妃様が百人っていう方はいらっしゃったような……」

でもそこで、劉月にじろりと睨まれていることに気が付いて笑いを引っ込めた。

「あーえー、その……それは大変ね。なんとかして誤解を解かなくちゃ」

こほんと咳払いをする。

劉月が目を細めて、紅華の手をぐいっと引くと。

「きゃっ！」

あっという間に紅華は大きな腕に抱き込まれてしまった。

「皇帝を笑うとはいい度胸だな、紅華」

劉月はそう言いながら紅華の耳に口づけを落とす。

「きゃっ！　ふふふ、くすぐったいわ！　やめて劉月」

「誰のせいだ？　ん？」

劉月は話しながら、紅華の耳や頬、首筋にまで唇で触れていく。

紅華は声をあげて笑いだした。

「ふふ、劉月ってば！」

——そこへ。

グワァーと鳴き声をあげながら、鮮やかな色の羽の鳥が大空から下りてくる。そして紅華の肩にとまり、劉月をつついた。

「わっ、やめろ、楽楽！」

劉月が口づけをやめると、楽楽は今度は紅華に甘えるように頬ずりをする。

「楽楽、お散歩はもういいの？」

紅華も同じようにふわふわの羽に頬を寄せた。

劉月がため息をついた。

「相変わらず紅華は楽楽が一番だな……」

呆れたような声で言う。

「あら、そんなの比べられないわ。でも楽楽が大切なのはその通りよ。だってずっと一緒なんだもの。それにすごく賢いし。二度も私を助けてくれたんだから。ね、楽楽」

「だが皇帝をつつくとは感心できない。本当なら不敬罪で捕らえられるところだ」

そんなことまで言って、劉月が大袈裟に顔をしかめるものだから、紅華はまた笑いだしてしまう。

「私がいじめられてると思ったのよ！　楽楽、大丈夫。劉月はいじわるをしているわけじゃないわ。ただふざけていただけ」

そう言って頭を撫でてやると、楽楽は不思議そうに首を傾げる。そして羽をバタバタさせて、「リューゲツ！　リューゲツ！」と繰り返した。

「あら！」

紅華は声をあげた。

「今の聞いた？　劉月。話したわ！」

「リューゲツ！　リューゲツ！」

「すごい！　えらいわ楽楽。もう一度」

「リューゲツ！　リューゲツ！」

楽楽が紅華のところへ来てから一年と少し、ずっと話しかけていたけれど、楽楽は話をしなかった。それが突然、言葉を口にしたのだから紅華は有頂天になってしまう。

「すごいすごい！」

頭を撫でて思いっきり褒める。でもすぐにあることに気が付いて「あら」と声をあげた。

「どうして劉月の名前なのかしら。私の方が仲良しだと思っていたのに……」

もちろんそれでも嬉しいことには変わりないけれど、できたら自分の名を呼んでほしかったというのが素直な気持ちだ。

劉月がその言葉に答えた。

「いや、だからこそだろう」

「え？」

「楽楽がいつも一緒にいるのは紅華だ。だから紅華が一番たくさん口にする言葉を覚えたんだ」

そう言って劉月は少し意味深な笑みを浮かべる。

その視線を受けて、紅華の頬が熱くなった。

紅華が暮らす大寺院に、劉月は毎日必ず会いに来てくれる。でも忙しい政務の間を縫ってのことだから、短い時間になることも多かった。

毎夜を一緒に過ごせていた後宮にいた頃と比べて、紅華が少し寂しく思ってしまうのは仕方ない。ひとりの夜はその気持ちがつい口から出てしまう。夜は寝台の脇の鳥籠に、『劉月はもう寝たかしら？』と呟いて眠りにつき、目を覚ましたら『劉月は朝はなにを食べたのかしら？』と話しかけるのだ。

なんだかそれらがすべて、バレてしまったようで恥ずかしかった。

「わ、私そんなに、たくさん口にしてたかなぁ？」

とぼけてみせる紅華を、劉月が微笑んで見下ろしている。その視線がゆっくりと下りてきて……ふたりの唇が重なった。

紅華の胸に、幸せな想いが広がってゆく。これ以上ないくらいの穏やかな時間にふたり、包まれているのを感じる。

奇跡だ、と紅華は思う。あの暗い部屋で囚われていた時、凛麗に短剣を突きつける父を見た時、もう二度と自分は日の当たる場所へは行けないと確信した。

それなのに、今、こうして明るい場所で彼の腕の中にいる。この奇跡をいつまでもいつまでも覚えていよう。

そうすれば、きっと、ずっとこの幸せは続いていくだろう。

「劉月、大好きよ」

彼の腕に頬ずりをして紅華は呟く。

「あぁ、俺もだ。愛してる」

劉月が答えた。

しっかりと抱き合うふたりの上に広がる青い空に向かって、楽楽がグワーと鳴いた。

了

あとがき

こんにちは、皐月《さつき》なおみです。この度は『偽りの後宮妃寵愛伝〜一途な皇帝と運命の再会〜』をお手に取っていただき、まことにありがとうございます。お楽しみいただけましたでしょうか。

今回は中華風の架空世界を舞台に、事件いっぱいの中でヒーローとヒロインが、愛を育むというお話でした。

架空世界ですから、常識や制度、歴史、法律までなにもかもすべてを私が決められる……！　とにかくそこが書いていて楽しかったです。

私の一番のお気に入りは、ヒロインの父楊高曹。極悪非道でありながらひとりの女性だけを愛し抜いた……というところが大好きです。彼が劉月と話す場面や最後の宴の場面はもうきゃーとなりながら書きました。それから紅い髪の頑張るヒロインという設定も大好きで、紅華の髪が綺麗だという描写をたくさん入れられたこと、彼女の成長を丁寧に書けたことも嬉しかったです。

後宮というたくさんの人の思惑がぶつかり合うどろどろした設定も大好きで、妃たちがバシバシ嫌味を言い合う場面は、いつまでも書いていたいくらいでした。

書籍化にあたっては、大変だなと思う時もありましたが、出来上がってみれば、私の大好きがぎゅっと詰まった作品になりましたから、読んでいただいた皆様にもこの作品を好きになっていただけたらいいのにな、と思っています。

イラストを担当してくださったのは、ぽぽるちゃ先生です。紅華、劉月、それから、小物も背景もとっても素敵に描いてくださいました！　物語の世界観を、これ以上ないくらいに再現してくださって本当に嬉しいです！　紅華の目の色、髪の色がすごく綺麗……もううっとりでした。このイラストに惹かれてこの本を手に取ってくださった方も多いことと思います。

ぽぽるちゃ先生、本当にありがとうございました！

また、この作品を出版するにあたりまして、関わってくださったすべての方に御礼申し上げます。特に編集担当者様、編集協力担当者様には、たくさんアドバイスをいただきました。こうして無事に出版まで辿り着けたのは、おふたりのお力添えの賜物です。ありがとうございました。

最後になりましたが、私の作品を応援し読んでくださった皆様に感謝申し上げます。こうして、作品を世に送り出せるのは皆さまのお力に他なりません。

本当にありがとうございました。

皐月なおみ

この物語はフィクションです。実在の人物、団体等とは一切関係がありません。

皐月なおみ先生へのファンレターのあて先
〒104-0031　東京都中央区京橋1-3-1　八重洲口大栄ビル7F
スターツ出版（株）書籍編集部 気付
皐月なおみ先生

偽りの後宮妃寵愛伝
～一途な皇帝と運命の再会～

2022年4月28日　初版第１刷発行

著　者　　皐月なおみ

発 行 人　菊地修一
デザイン　カバー　北國ヤヨイ（ucai）
　　　　　フォーマット　西村弘美
発 行 所　スターツ出版株式会社
　　　　　〒104-0031
　　　　　東京都中央区京橋1-3-1　八重洲口大栄ビル7F
　　　　　出版マーケティンググループ　TEL 03-6202-0386
　　　　　（ご注文等に関するお問い合わせ）
　　　　　URL　https://starts-pub.jp/
印 刷 所　大日本印刷株式会社

Printed in Japan

ISBN　978-4-8137-1258-9　C0193

この1冊が、わたしを変える。
スターツ出版文庫　好評発売中!!
山神様のあやかし保育園
皐月《さつき》なおみ
イラスト／水野かがり
スターツ出版文庫大賞
優秀賞受賞作
就職先は、
可愛いもふもふわらわらな
あやかし専門保育園!?
あらすじ
兄を探して海沿いの街へやってきた新米保育士・のぞみ。山神神社を訪ねると、保育園もあり住み込みで働けることになる。でも見目麗しい山神様で園長の紅から「好みだ」と突然言い寄られ…。早速保育園を見ると、ふさふさの尻尾がある子が走り回っていて…そこはあやかしこどもの保育園だった——。
山神様のあやかし保育園
～強引な神様と妖こどもに翻弄されています～
定価：671円（本体610円＋税10%）
山神様のあやかし保育園 二
～妖こどもに囲まれて誓いの口づけいたします～
定価：693円（本体630円＋税10%）
シリーズ第2弾
好評発売中

スターツ出版文庫　好評発売中!!

『卒業　桜舞う春に、また君と』

卒業式を前になぜか大切な友達と一緒に過ごせなくなった女子高生（『桜の花びらを君に』丸井とまと）、兄の急死で自分の居場所を見つけられず反抗する男子中学生（『初恋の答えは、約束の海で』水葉直人）、亡くなった彼との叶わぬ再会の約束を守ろうと待ち合わせ場所を訪れる女性（『花あかり～願い桜が結ぶ過去～』河野美姫）、自分宛てではないラブレターに正体を偽って返事を書く女子高生…（『うそつきラブレター』汐見夏衛）。桜舞う春、別れと出会いの季節に、さまざまな登場人物が葛藤し成長していく姿に心救われる一冊。

ISBN978-4-8137-1229-9／定価660円（本体600円+税10%）

『泣いて、笑って、ありのままの君で』　音《おと》はつき・著

自分に自信のない白城庭は、嫌なことを嫌と言えず、自分の好きなもののことも隠して過ごしていた。ある日、クラスの中心人物・鍬内想にその秘密を知られてしまう。笑われると思ったのに「俺の前では、堂々と好きなものを好きって言っていい」と、ありのままの庭を受け入れてくれて…。想の存在が、ずっと本当の自分を見せるのが怖かった庭を変えていく。しかし、実は想にも庭に見せていない心の奥の葛藤があると知り――。正反対のふたりが認め合い、自分らしさを見つける、青春恋愛感動作！

ISBN978-4-8137-1227-5／定価638円（本体580円+税10%）

『京の鬼神と甘い契約～新しい命と永久の誓い～』　栗栖《くりす》ひよ子《こ》・著

追放された京都の和菓子屋令嬢・茜は、店を取り戻すため、世にも美しい鬼神・伊吹と契約し、偽装夫婦となる。形だけの夫婦だったはずが、伊吹に過保護に溺愛されて…。しかし、人間が鬼神の本当の花嫁になるには、彼の子を身籠らねばならないと知り――。ウブな茜はその条件に戸惑い、伊吹とぎくしゃく。その頃、店に新しい店員･真白が入る。彼は、イジワルな鬼神様･伊吹とは真逆の優しい王子様イケメン。なぜか茜との距離が近い真白に伊吹の独占欲が目覚めて…。ふたりは果たして本当の夫婦になれるのか――!?

ISBN978-4-8137-1228-2／定価649円（本体590円+税10%）

『後宮妃は麒神の生贄花嫁　五神山物語』　唐澤《からさわ》和希《かずき》・著

数百年に一度、黄色の星が流れると、時を統べる麒神・旺隠に花嫁を捧げる国・漸帝国の公主として育った春蘭。好きな人がいる姉の代わりに麒神の生贄花嫁として捧げられることに。孤独な旺隠と天真爛漫な春蘭は一瞬で惹かれ合い、春蘭はご懐妊するも、突然命を失ってしまい…。そして三百年後、転生した春蘭は再び後宮入りし、旺隠と過去の幸せを取り戻そうと奔走し、愛されて――。「お腹の子と君を必ず守る」今度こそ愛し合うふたりの子を守れるのか⁉　大人気シリーズ五神山物語第二弾！

ISBN978-4-8137-1230-5／定価638円（本体580円+税10%）

スターツ出版文庫　好評発売中!!

『天国までの49日間～ファーストラブ～』　櫻井《さくらい》千姫《ちひめ》・著

霊感があり生きづらさを感じていた高２の稜歩は、同じ力をもつ榊と出会い、自信を少しずつ取り戻していた。でも榊への淡い恋心は一向に進展せず…。そんな中、ファンをかばって事故で死んだイケメン俳優・夏樹が稜歩の前に現れる。彼は唯一の未練だという「初恋の人」に会いたいという。少しチャラくて強引な夏樹に押されて、彼の初恋の後悔を一緒に取り戻すことに。しかし、その恋には、ある切ない秘密が隠されていて──。死んで初めて気づく、大切な想いに涙する。

ISBN978-4-8137-1196-4／定価737円（本体670円+税10%）

『僕の記憶に輝く君を焼きつける』　髙橋《たかはし》恵美《えみ》・著

付き合っていた美涼を事故で亡くした騎馬は、彼女の記憶だけを失っていた。なにか大切な約束をしていたはず…と葛藤していると──突然二年前の春に戻っていた。騎馬は早速美涼に未来では付き合っていたと打ち明けるも「変な人」とあしらわれてしまう。それでも、彼女はもう一度過ごす毎日を忘れないようにとメモを渡し始める。騎馬は彼女の運命を変えようと一緒に過ごすうちに、もう一度惹かれていき…。ふたりで過ごす切なくて、苦しくて、愛おしい日々。お互いを想い合うふたりの絆に涙する！

ISBN978-4-8137-1198-8／定価671円（本体610円+税10%）

『鬼の花嫁五～未来へと続く誓い～』　クレハ・著

玲夜から結婚式衣装のパンフレットを手渡された鬼の花嫁・柚子。玲夜とふたり、ドレスや着物を選び、いよいよ結婚するのだと実感しつつ、柚子は一層幸せに包まれていた。そんなある日、柚子は玲夜を驚かせるため、手作りのお弁当を持って会社を訪れると…知らない女性と抱き合う瞬間を目撃。さらに、父親から突然手紙が届き、柚子は両親のもとを訪れる決意をし…。「永遠に俺のそばにいてくれ」最も強く美しい鬼・玲夜と彼に選ばれた花嫁・柚子の結末とは…⁉

ISBN978-4-8137-1195-7／定価660円（本体600円+税10%）

『後宮の巫女嫁～白虎の時を超えた寵愛～』　忍丸《しのぶまる》・著

額に痣のある蘭花は、美しい妹から虐げられ、家に居場所はない。父の命令で後宮勤めを始めると、皇帝をも凌ぐ地位を持つ守護神・白虎の巫女花嫁を選ぶ儀式に下女として出席することに。しかし、そこでなぜか蘭花が花嫁に指名されて…⁉猛々しい虎の姿から、息を呑むほどの美しい男に姿を変えた白星。「今も昔も、俺が愛しているのはお前だけだ」それは、千年の時を超え再び結ばれた、運命の糸だった。白星の愛に包まれ、蘭花は後宮で自分らしさを取り戻し、幸せを見つけていき──。

ISBN978-4-8137-1197-1／定価682円（本体620円+税10%）

スターツ出版文庫　好評発売中!!

『僕を残して、君のいない春がくる』　此見《このみ》えこ・著

顔の傷を隠すうち、本当の自分を偽るようになった晴は、ずっと眠りつづけてしまう難病を抱えるみのりと出会う。ある秘密をみのりに知られてしまったせいで、口止め料として彼女の「普通の高校生になりたい」という願いを叶える手伝いをすることに。眠りと戦いながらもありのままに生きる彼女と過ごすうち、晴も自分を偽るのをやめて、小さな夢を見つける。しかし、冬を迎えみのりの眠りは徐々に長くなり…。目覚めぬ彼女の最後の願いを叶えようと、晴はある場所に向かうが——。

ISBN978-4-8137-1181-0／定価660円（本体600円+税10%）

『笑っていたい、君がいるこの世界で』　麻沢《あさざわ》 奏《かな》・著

中学3年のときに不登校になった美尋は、ゲームの推しキャラ・アラタを心の支えに、高校へ入学。同じクラスには、なんと推しとそっくりな男子・坂木新がいた——。戸惑っているうちに、彼とふたり図書委員を担当することに。一緒に過ごすうちに美尋は少しずつ心がほぐれていくも、トラウマを彷彿させることが起きてしまい…。周りを気にしすぎてしまう美尋に対し、まっすぐに向き合い、美尋の長所に気付いてくれる新。気付けば唯一の支えだった推しの言葉より、新の言葉が美尋の心を強く動かすようになっていき…。

ISBN978-4-8137-1182-7／定価638円（本体580円+税10%）

『夜叉の鬼神と身籠り政略結婚三～夜叉姫は生贄花嫁～』　沖田弥子《おきたやこ》・著

あかりと鬼神・柊夜の間に産まれ、夜叉姫として成長した長女・凜。両親に愛されつつも、現世での夜叉姫という立場に孤独を抱えていた。まもなく二十歳となる凜は、生贄花嫁としてその身を鬼神に捧げる運命が決まっていて…。「約束通り迎えに来た、俺の花嫁」——。颯爽と現れたのは異国の王子様のような容姿端麗な鬼神・春馬だった。政略結婚の条件として必ず世継が欲しいと春馬に告げられる。神世と現世の和平のためと、経験のない凜は戸惑いながらも、子を作ることを受け入れるが…。

ISBN978-4-8137-1183-4／定価671円（本体610円+税10%）

『遊郭の花嫁』　小春《こはる》りん・著

薄紅色の瞳を持つことから疎まれて育った吉乃。多額の金銭と引き換えに売られた先は、あやかしが“花嫁探し”のために訪れる特別な遊郭だった。「ずっと探していた、俺の花嫁」そう言って吉乃の前に現れたのは、吉原の頂点に立つ神様・咲耶。彼は、吉乃の涙には“惚れ薬”の異能があると見抜く。それは遊郭で天下を取れることを意味していたが、遊女や妖に命を狙われてしまい…。そんな吉乃を咲耶は守り抜くと誓ってくれて——。架空の遊郭を舞台にした、和風シンデレラファンタジー。

ISBN978-4-8137-1180-3／定価693円（本体630円+税10%）

書店店頭にご希望の本がない場合は、書店にてご注文いただけます。

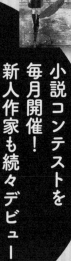

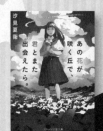

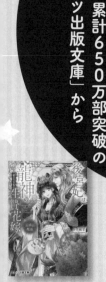